聖
因「聖女召喚儀式」而被召喚過來的二十幾歲OL，小鳥遊聖。能發揮聖女力量將一切能力增強五成。
「妳來到這裡之後，整個人漂亮很多呢。」
裘德
為藥用植物研究所的研究員，待人既親切又體貼入微。負責教導聖。

——「範圍治癒。」
希望能順利治好。
我暗自祈禱著，並詠唱起魔法。

如果現在幫忙復原斷肢的話，
應該就很難再堅稱自己是普通人了。
但是既然看到了，到頭來總是會出手相助的吧。
就算視而不見地離去，
一定還是會感到在意而折回來。
因為心裡會留著難以釋懷的疙瘩。

「聖屬性魔法等級∞(無限大)是怎樣啊?」
「謝謝,多虧有妳,我才能得救。」
艾爾柏特・霍克
被稱作冰霜騎士的第三騎士團團長。曾一度傷重瀕死,是聖救回他的性命。
聖女魔力無所不能
The power of the saint is all around.

Author
橘由華
Illustration
珠梨やすゆき
1
聖女魔力無所不能
The power of the saint is all around.
Kadokawa Fantastic Novels

Contents

The power of the saint is all around.

序幕

某天，我因為「聖女召喚儀式」而突然被召喚到了異世界。

事情發生在深夜時分，我下班回家後，在玄關正要把鞋子脫下來的那一刻。

一陣白光忽然從我腳邊湧現，由於太過刺眼，我不禁閉上了眼睛。

當我再次睜開眼睛時，便發現眼前所見並不是熟悉的大樓住家的廚房，而是由石牆圍起來的房間，大概有二十張榻榻米的大小。

「成功啦！」

「「「哦哦哦哦哦哦哦哦哦哦哦哦！」」」

人群不知道在鼓噪些什麼，但我沒有理會，先把四周環顧一遍。

在我的正前方，有人穿著鎧甲罩袍，宛如騎士一般，還有人穿著長至腳踝的長袍。他們各自都在和身邊的人分享著喜悅。

騎士們笑著互相拍拍肩膀。而穿著長袍的人們雖然癱坐在地上，但看起來像是完成了一樁大事，臉上都浮現出淺淺的笑容。

我低頭一看，發現地板上好像畫著一些線條。

黑色的線條微妙地與地板融為一體，必須凝神細看才看得出來。而這些線條所描畫出來的東西，似乎是個魔法陣。

往右邊一看，是一道牆；再往左邊一看，則是一個女孩子。整個房間只有她穿著和我相似的衣服。

雖說相似，但她穿的並不是套裝之類的服飾，而是針織衫搭配裙子的休閒打扮，照實形容就是現代的衣著。

沒錯，除了我和她以外，周遭的人們不是穿著鎧甲就是穿著長袍，讓人不禁想吐槽一句：「這是在遊戲裡面嗎？」

只有我和她身上的才是我平日習以為常的穿著。

那個女孩子看起來大概十五歲到十九歲左右。

她現在還愣愣地呆坐在地上。

應該和我一樣都是突然陷入這種狀況之中吧。

坦白說，我也完全搞不清楚是怎麼回事，真的很想放聲大叫。但我還是盡可能冷靜下來，奮力去掌握現在的情況。

當我大致掌握住周遭情況之後，左邊女孩子再過去那邊有一扇門打開了，只見幾個人走進了房間。

帶頭的是個紅髮超級大帥哥，一身打扮走的是洛可可風格（就差一頂假髮），也就是所謂的貴族裝扮。跟在他後面的是個帥氣的黑髮騎士，以及一位同樣俊美的青年。後者擁有一頭藏青色頭髮，身上的貴族服飾比起紅髮的男子顯得較為樸素低調。

這情形看起來，紅髮男子應該是王子，騎士是侍衛，青年則是身居高位的文官吧。

但話說回來，那一頭紅髮……

染那麼鮮豔的顏色，將來可是會禿頭的啊。

就在我想著這種事情來逃避一下現實的時候，帶頭的紅髮男走到呆坐在地上的女孩子面前。只見他屈膝跪下，露出燦爛得閃死人的笑容這麼說道：

「妳就是『聖女』嗎？」

……

…………

…………

…………………什麼？

第一幕 藥用植物研究所

自從被召喚來這裡之後，已經過了一個月。

季節即將正式邁入春天的時候，我人在王宮的藥草園撒藥草種子。

想知道我為什麼會在藥草園撒種子啊？

那是因為，我現在隸屬於藥草園隔壁的藥用植物研究所。

順帶一提，我住的地方也是研究所。

沒錯……我不是住在王宮。

我住在研究所裡。

◆

我——小鳥遊聖，某天因為斯蘭塔尼亞王國自古傳承下來的「聖女召喚儀式」，被召喚到了這個異世界。

據說這個國家到處都會孳生叫做瘴氣的東西。

瘴氣還頗容易出現在生活周遭，對人類來說有害無益。

詳細的原理尚未釐清，不過瘴氣濃度達到一定程度就會形成魔物，瘴氣愈濃，誕生的魔物力量也會愈強。

只要打倒魔物就能讓周遭的瘴氣變淡，因此持續打倒牠們可以防止瘴氣變得太濃。

但是每隔幾個世代，瘴氣變濃的速度便會遠快於打倒魔物的速度。自古以來只要面臨這個狀況，王國內都會出現擔任「聖女」的少女。

「聖女」所使用的法術似乎蘊含相當強大的力量，能夠在轉瞬之間殲滅魔物。

拜其法術所賜，打倒魔物的速度和瘴氣變濃的速度才得以取得平衡。

還有一種說法是，曾有報告指出光是有「聖女」的存在，周遭的瘴氣就不會變濃。

是有多厲害啊。

雖然「聖女」平常都會自然而然地出現，但唯獨在某個時代，無論瘴氣變得多濃都不曾現身。

據說當時的賢者們查驗各種法術後，構築出前面提過的那個儀式，要將擔任「聖女」的少女從遠方召喚過來。

就是那種儀式把我召喚過來的，真是無妄之災。

莫可奈何的是，這個儀式只在很久以前舉行過一次，所以必須實際試過才知道是否真能召喚出「聖女」。

然而當時的賢者們似乎非常神通廣大，他們創造的這玩意兒真的召喚成功了。

而且一次兩個。

根據傳言，至今為止的每個時代都只出現過一名「聖女」就是了。

不知為何這次召喚出了兩個人。

難道是這次的情況相較於過去更為嚴重，所以才按比例增加了人數嗎？

還真是神祕啊。

到這裡為止，說的都是這一個月以來我對於「聖女召喚儀式」的了解。

然後從這裡開始，就來說說我為什麼會住進藥用植物研究所吧。

在那個儀式之後進入房間的紅髮男子，毫無疑問是這個國家的第一王子。

這位第一王子看都不看我一眼，一個勁兒地跟另一名女孩子——御園愛良妹妹說話，然後只帶著她離開房間。

其實想想也不意外。

我都二十幾歲了，愛良妹妹才十幾歲後半。

要說哪一個和王子的年齡比較接近，那當然是愛良妹妹。

而且她還是個惹人憐愛的柔美女孩，擁有一頭蓬鬆的褐色頭髮，加上晶瑩白皙的肌膚、玫瑰色臉頰以及略微下垂的眼眸，很容易激起他人的保護欲。

至於像我這樣的眼鏡女，頂著因為太過忙碌而隨便綁成一束的蓬亂頭髮，以及不健康的蒼白皮膚和一雙萬年熊貓眼，還妄想跟人家比實在不自量力。

所以我也不是不能體會他只想看著愛良妹妹的心情。

但是呢，擅自把人召喚過來，還把人當作一團空氣，膽子可真不小。

一旁的騎士和長袍人士本來也被王子那強大的忽視能力嚇得愣住了，但發現他把我留下來之後，他們頓時驚慌失措起來。

大概是看我完全遭到忽視，讓他們不知道該拿我怎麼辦才好吧。

再這樣發呆下去也不是辦法，於是我揪住一旁長袍人士的領口，笑咪咪地展開盤問：

「欸，我有事情想問一下。」

「是……是什麼事情呢？」

被我逮住的長袍人士戰戰兢兢地答道，聲音彷彿是從喉嚨裡硬擠出來的。

他明明比我還高，眉毛卻撇成八字，兩眼不知所措地游移亂瞟，倒像是我在欺負他似的。

換作是平常的話，我應該會產生罪惡感。但這時候我已經顧不得那麼多了，所以不以為意地想到什麼就問出口。
「這裡是什麼地方？」
「這裡是斯蘭塔尼亞王國的王宮。」
「斯蘭塔尼亞王國？」
聽都沒聽過的國家。
由於這世上有形形色色的國家，所以可能只是我剛好不知道而已，但腦中某個角落告訴自己這完全是在逃避現實。
「好，所以呢？我為什麼會在這裡？」
「這是因為……這個……」
長袍人士囁囁嚅嚅的。但在看到我猛然瞇起雙眼後，他連忙開口解釋：
「是、是透過『聖女召喚儀式』將您召喚過來的！」
「『聖女召喚儀式』？」
他開始說明何謂「聖女召喚儀式」，內容就跟我先前說過的一樣。
「這裡果然不是我待過的那個世界啊。」
「恐怕是這樣的……」
在我原本的世界，根本沒聽說過什麼瘴氣和魔物會出現在身邊的事情。

我本來還抱著一絲希望，想說可能……真的可能原本的世界其實也存在著瘴氣和魔物，只是我不知道罷了。然而聽長袍人士說話的口氣，看來這在斯蘭塔尼亞王國是廣為人知的常識。

這時候，儘管我心裡很抗拒，但也已經明白自己是被召喚到異世界了。

「我知道什麼是『聖女召喚儀式』了，那我該怎麼回到原本的世界呢？」

「聖女」出現的目的是為了調節瘴氣濃度，所以只要瘴氣變濃的速度恢復正常，這裡就不再需要「聖女」，我或許也能因此回到原本的世界。

我抱著希望詢問，卻見長袍人士小聲回了句「並非如此」，輕而易舉地擊碎了我的希望。

這次本來就是第二度將「聖女」召喚至異世界。而據說上次被召喚來的「聖女」終其一生都留在這個國家，所以目前還不知道回到原本世界的方法。

得知已經無法回去的事實，讓我大受打擊。

只不過聽到這裡，剛才第一王子那種態度反而更讓我火冒三丈。總之已經簡單問完必須知道的事情了，我決定直接離開這個國家。

首要之務是離開這個房間，然後離開這個房間的所在地王宮，再離開王宮的所在地王都，最終目的是前往鄰國。

現在回想起來，這個計畫真的非常草率，但是我無論如何就是不想待在這裡。

該問的都問完了，我放開長袍人士的領口後走到房間外頭，騎士們見狀趕緊追了上來。

「聖女大人！您要去哪裡？」

「我要出去。」

「怎會這樣？請您留步！」

雖然我想趕快出去，不過這裡畢竟是王宮。

實在太廣闊了，我完全搞不清楚往哪邊走才能出去。

我現在正在氣頭上，所以只是隨便挑個方向飛快地往前走，終究還是被騎士追上了，他擋在前面把我攔了下來。

去路被堵住，一股不耐油然而生。我狠狠地瞪了騎士一眼，結果他也像剛才那個長袍人士一樣把眉毛撇成了八字。

「拜託了，請您暫且多留片刻。」

「剛才不是已經花時間談了那麼多嗎？我在那個房間留得夠久了吧。」

「您說得沒錯……但請您通融一下。」

看到騎士縮著高大的身軀，想盡辦法要把我留下的模樣，讓我的腦袋稍稍冷靜了些，於是我滿臉不情願地點頭答應了。

騎士見狀顯然鬆了口氣，邊說「請往這邊走」，邊把我帶往王宮裡的某個房間。

「請您在這裡等候負責人過來。」

騎士交代完這句話便走了出去，一名侍女與他擦身而過，她推著擺有成套茶具的推車進入房間。

侍女的手藝果然厲害，幫我泡的紅茶非常好喝。

溫熱的紅茶撫慰了我躁動的心情。恢復冷靜後，我便決定來整理思緒。

一方面也是因為侍女泡好紅茶後，並沒有特別跟我搭話聊天，所以我閒閒沒事做。

或許她是考慮到我的處境，才刻意不加以打擾吧。

雖然她會偷偷覷我幾眼，但還是靜靜地站在牆邊。

然後，這一等就是一個小時。

要是敢在日本讓怒氣沖沖的客戶等上一個小時的話，絕對會落得被解約的下場。我想到這裡，心中怒火再度燃起之時，總算等到了敲門聲。

「請進。」我回應門外人後，便有一名看似這個國家的高官走進房間。儘管他的服飾遠比第一王子還要來得樸素，但確實是同一種穿著風格。

雖說侍女泡的紅茶很好喝，我也正好得到了可以整理思緒的時間，但讓人等上一個小時實在是太久了。

所以我忍不住瞪了這位高官一眼，我想這應該是正常人的反應。

這個國家的高官對上我的視線，身體震顫了一下。他一邊抹掉額上汗珠，一邊向我說明更多關於這個國家的事情，以及我目前的處境。

從他口中得知外面的情況後，我覺得那位阻止我離開的騎士簡直是我的恩人。

不管怎麼說，踏出王都就是一大片魔物橫行的草原，而且要坐一個星期的馬車才能抵達鄰國，路上可能還有盜賊出沒。說實在的，就憑對外界一無所知的我，想平安抵達鄰國完全是不可能的任務。

「我聽說您打算出去，不過立刻就想在王宮外生活是不太切合實際的想法。」

高官用小心翼翼的表情說道，我聽了也認為他說得沒錯。

我本來覺得在王都生活應該不太困難，雖然一點規畫也沒有，但總會有辦法的。不過我同時也想到，如果用在日本習以為常的方式來行動的話，可能會發生無法挽救的事情。

正如同出國旅行時的注意事項。

暫時先住在王宮，等習慣這個世界之後，再到王都生活也不遲。

於是，我便聽從高官的建議，在王宮住下來了。

◆

和高官談完之後，幫我泡紅茶的侍女就帶我去今後要住的房間。

這個房間比我在日本住的套房還要寬敞，而且是隔成客廳和臥室的房間，類似旅館的套間型客房。

室內裝潢也是富麗堂皇的洛可可風格，就像我一直夢想著有一天能夠去住住看，經常在網路上看到的歐洲高級旅館。

被帶到房間後，我一坐在客廳的沙發上，疲憊感立即席捲全身。

從窗外灑進來的陽光告訴我現在是白天，但我在日本被召喚過來的時候已經是深夜了，而且才剛下班回到家。

看來斯蘭塔尼亞王國和日本有時差呢。

天天加班到深夜所導致的疲倦，再加上突然被召喚到一個截然不同的環境，在這樣的雙重影響之下，讓我不記得自己坐在沙發上之後發生了什麼事情。

我想，大概是睡著了吧。

我睜開眼的時候，便發現好像有人把我抱到臥室的床上，而且已經是隔天早上了。

原本穿在身上的大衣和套裝被脫掉了，取而代之的是白色的睡袍。

到底是誰幫我換衣服的呢？

當初是侍女把我帶到這個房間的，所以我想應該是她才對，不過心裡還是有點不安。

我打算先換衣服。但隨便在房間裡翻找東西好像不太好，於是我往客廳走去，心想應該會有人在。

打開客廳的門，便看到昨天帶我來房間的那位侍女在那裡靜候著。

我告訴她想要換衣服後，她就帶我進臥室，拿出各式各樣的禮服給我。然而每一件的裝飾都很華麗，感覺要價不菲，就算穿上去也會因為害怕弄髒而不敢隨意走動。

我沒有計劃要去哪裡，所以就請她幫我找便於行動、款式簡約的禮服。最後換上的是裡面唯一一件可以說是洋裝的禮服，只是以洋裝而言還是略顯華美。

換衣服的時候，我順便問了一下，才確定幫我換上睡袍的就是她。

我向她道謝，她便回：「不敢當，這是應該的。」

看來她對我好像十分小心謹慎，但要是我告訴她不必這樣，感覺她會變得更加惶恐，所以我就放棄去在意這種事情了。

畢竟為換睡袍這件事道謝的時候，就見過她的反應了。

就這樣，我在王宮度過了兩個星期。

我整個閒到發慌。

一開始的三天還沒那麼糟。

因為想到必須融入這個世界，我就一直抱著戰戰兢兢的心情。

可是，我愈來愈難以忍受無事可做的煎熬。

衣食住確實無虞，但除此之外根本是放我自生自滅。

那位高官自從初次見面以來一次也沒來看過我，而且也毫無音訊。

虧我還眼巴巴地盼著他能帶來什麼消息。

幸好房間裡還有侍女，我們多多少少會閒聊一下，但不太可能聊上一整天。她好像也有其他事務要忙，並不會一直待在房間裡。

這種時候就會留我一個人在房間裡，這裡既沒電視也沒智慧型手機，要我待著什麼也不做實在太折磨人了。

我再也忍受不了無事可做的生活，而且老是窩在房間裡也不好，於是決定出去散散步。

把這件事告訴侍女後，她就說要跟我一起去。

不過，想到她也有工作要做，不好麻煩她陪我打發時間，而且只是去房間前面的庭院走走而已，我便堅持自己一個人去。

她用百般不願的表情答應了。

就這樣，起初只有房間前面的庭院，但散步範圍日漸擴大。我在漫無目的地到處閒逛下，發現了藥草園。

在日本的時候為了舒緩工作壓力，我很熱衷於藥草和芳香療法，因此對藥草園非常感興趣。

種植於這裡的藥草之中，有的外觀和種植於日本的一模一樣，可以推測植被可能和地球相同。正當我在思考的時候，有人朝我出聲了。

我一回頭，便看到一名面相和善的帥氣青年，那一頭深綠色頭髮和同色眼眸相當搶眼。

他是藥用植物研究所的研究員，研究所就在藥草園隔壁。

「請問妳來研究所有什麼要事嗎？」

「沒有，我只是剛好散步到這裡，覺得很有意思就停下來看看。」

我說藥草園很有意思似乎引起了那名研究員的興致，他當場向我介紹起種植在這一帶的藥草。

像是薰衣草、迷迭香和歐白芷等等，這些叫法同於日本的藥草，效用也幾乎差不多。

「這種藥草可以做成ＨＰ藥水哦。」

「ＨＰ藥水？」

在介紹藥草的時候突然提到「ＨＰ藥水」這種讓人很想吐槽的遊戲用語，我不由得感到錯愕。而研究員則莞爾一笑，開始為我講解何謂藥水。

「這邊的藥草經乾燥後可以做成傷藥，也可以煎煮後飲用，兩者皆具有一定的療效，但是做成藥水能進一步提高療效。」

「哦～原來是這樣啊。」

研究員隸屬的藥用植物研究所是針對藥草本身進行相關研究，不過，他說自己是專攻藥水這一項目，因此之後也告訴我許多關於藥水的事情。

聽他介紹各種藥水所使用的藥草後，我得知原本的世界以前用來製作傷藥的那些藥草，在這個世界則用來當作藥水的原料，藥水的療效與原料藥草的效用息息相關，總覺得很有趣。

時間就在聽著他說明藥草中匆匆流逝。由於臨近傍晚時分，我便決定回王宮。

「很開心能聽到這麼多事情，謝謝您。」

「我才要謝謝妳呢，歡迎下次再來。」

承蒙研究員這番好意，於是我隔天也散步到藥草園這裡了。

當我在藥草園裡四處閒逛的時候，那位研究員又來跟我打招呼，然後像昨天一樣陪我散步，遇到哪些藥草就向我說明相關效用，以及做成藥水後的療效。

我們到第三天為止都是在藥草園聊天。第四天他便帶我去參觀研究所，我在那邊也和其他研究員打交道。

他們告訴我很多非常好玩的事情，雖然主要都在聊藥草和藥水，不過也有聊到王都正在流行的事物，以及在王宮工作的人們。

我每天都泡在那邊。長時間下來，我漸漸覺得往返王宮和藥草園相當麻煩。

畢竟從王宮走到藥草園可是要花上三十分鐘的。

王宮真的不愧是王宮，庭園大到彷彿沒有盡頭似的。

我問過侍女，她說視野所及的範圍內全都屬於王宮。

我一直以來都是花一個小時往返於占地遼闊的王宮和研究所之間。但如果能把這一個小時省下來，就有更多時間可以和研究員們交流了。

「真想乾脆在這裡住下來算了。」

「這樣也不錯啊。其實除了我之外，還有幾個研究員也都住在研究所裡。」

我一老實道出心聲，裘德便立刻表示贊成。我和裘德這位研究員是在這幾天當中變成好朋友的。

他就是在藥草園時第一個跟我打招呼的研究員。

「原來是這樣啊？」

「對呀，其中也有人的家是在王都，但這裡和王都之間隔著王宮，而且離王宮又有一段距離。以前有研究員就是因為這樣而決定住進研究所，接著就愈來愈多人也住進來了。」

裘德的家人都住在王都裡，所以起初他是通勤往返的。不過聽說有研究員住在研究所裡之後，他便也很快地就搬進研究所了。

理由果然在於往返王都相當麻煩。

原來大家想的都一樣啊……我暗自想著。這時候，後方響起一道聲音。

「你們今天在聊什麼呀？」

我和裘德同時回頭，便發現是藥用植物研究所的所長——約翰．瓦爾德克先生。

「我們剛才在閒聊，因為往返王宮和這裡要花很多時間，所以就說到如果能住在這裡就好了。」

「住在這裡？」

「是的，也有幾位研究員住在這裡沒錯吧？」

「嗯，對啊。怎麼啦？妳也想成為研究員嗎？」

所長勾起嘴角，冷不防地這麼問道。

在這裡工作？

的確，住在研究所的都是在這裡工作的研究員，一般來說是不會讓外人住進來的吧。

就算之後要從王宮搬到王都，有工作顯然還是比沒工作來得好。最重要的是，遠比整天在王宮發呆有意義多了。

再說，一想到不僅能接觸本來在日本就當作嗜好的藥草，還能學習完全沒碰過的藥水製法，我就感到非常興奮。

嗯，在這個藥用植物研究所工作實在是很不錯的主意。

想到這兒，我便笑咪咪地轉身面對所長。

「是的，我想成為研究員。」

「哦，真的嗎？那我得去辦手續才行呢。」

所長用開玩笑的口吻說道，搞不懂他到底是隨口說說還是認真的，接著就看到他再次踩著散漫的步伐往所長室的方向走去。

擇日不如撞日。

實際上，站在旁邊跟我一起聽的裘德也以為所長是在開玩笑。

因為日後我被派到研究所而去找他打招呼時，他一臉訝異地這麼跟我說。

回到王宮的房間後，我立刻請待在房裡的侍女去通報一開始見到的那位高官。

由於那一天已經是傍晚時分了，我隔天才能見到高官。

翌日，我吃完早餐，正在喝茶小憩的時候，高官就來了。

「聽說您有事情找我？」

「是的，其實我對藥草很感興趣，想要在藥用植物研究所工作……」

「當然可以。」

「咦？真的嗎？」

因為他實在答應得太爽快，我一問之下，才知道研究所的所長已經幫忙協商過了，從王宮搬到研究所的事情也一併談妥了。

我還以為所長是半開玩笑地那麼說的，但他真的照辦了。

而且還徵得了高官的同意。

真厲害啊，所長。

在那之後，我便迅速開始整理行李。

我的私人物品本來就很少，只有被召喚到這個世界時穿在身上的大衣、套裝和鞋子，再加上公事包而已。

話雖如此，套裝就那麼一套而已，我總不可能天天穿同一套衣服在研究所工作，因此換洗衣物當然不用說，還需要生活用品。

高官表示會幫我準備好這些東西，我便交給他了。

他幫我準備了簡樸的襯衫、裙子和洋裝等等研究員穿起來不會太突兀的衣物，還有毛巾和肥皂等生活用品。

我看了看備齊的衣物，其中也有我在王宮短短幾天的生活當中喜歡穿戴的禮服和飾品，新服裝也多為同類型的設計，似乎有考慮到我的喜好。

生活用品都貼心成這樣的話，大概連房間的家具也都幫我備妥了。

因為我搬過去後，發現房間內的家具一應俱全。

家具統一為明亮的色彩，讓人覺得這個房間非常舒適。

甚至很難想像這裡是研究所。

「謝謝您各方面的幫助。」

「不用客氣，今後如有任何需要幫忙之處，請儘管告訴我。」

「謝謝您。」

離開王宮的那一天，高官還幫我備好前往研究所的馬車。我向他道謝後，他便以一貫的笑容回應。

我並沒有回到王宮的打算，因此今後應該不會有事情需要麻煩這位高官了，不過我還是再次向他道謝，然後搭上了馬車。

於是，我得到了研究所的房間，以及藥用植物研究員這份工作。

第二幕　藥水

不工作就沒飯吃。

一旦行動起來就進展得飛快，於是我很順利地進入藥用植物研究所工作了。

雖然把嗜好當作工作讓我有點退卻，不過為了將來著想，這應該是最好的選擇了。

似乎只有一部分的人知道我要在研究所工作。當我第一天上班跟著所長去向大家打招呼的時候，研究員們才知道這件事。

「我叫做聖，今天開始在這裡工作，請多多指教。」

在所長的催促之下，我向大家做了自我介紹，結果大家不知怎的都傻住了。

幾乎所有研究員都認識我。但我要在這裡工作的事情似乎來得太突然，讓所有人大感意外以致措手不及。

可能是因為這樣，我打完招呼後，大家起初沒有反應，頓了一下才騷動起來。

「那麼，當前先找個人來幫忙照應聖……裘德，就交給你了。」

「咦？我嗎？」

為了壓下眾人的嘈雜聲，所長稍微提高音量說道。

突然被點到名字讓裘德嚇了一跳。不過在研究員之中，裘德和我的交情也比較好，因此由他來負責這件事的話，我會覺得很放心。

我在日本也曾跟不熟的人一起工作過，所以就算來了一個完全陌生的研究員，應該也能好好共事，但想當然還是認識的人更好。

如果又是交情好的人，那就再好不過了。

所長應該也是考慮到這一點，才會把裘德派給我吧。

「今後請多多指教了。」

「我才要請妳多多指教呢。」

我重新向裘德致意。而他雖然很驚訝，但還是笑著這麼回答了。

他告訴我各式各樣關於研究所的事情。

這個研究所的主要研究對象就是名稱裡的藥用植物，亦即藥草還有藥水。

藥草效用和原本的世界幾乎相同。裘德跟我說明的時候，我也會提起我在日本學到的知識，他很訝異地說：「妳懂的真多。」

我在日本出於興趣而學習到的知識，到了這裡，聽說要去上王立學園這所學校的專門課程才能學到。

順帶一提，王立學園是這個國家的貴族子弟念書的地方，一般來說是從十三歲念到十五歲成人為止。

所謂的專門課程則是提供給繼續深造到十八歲的學生，裘德就是在專門課程中鑽研藥學，並從中學習到藥草相關知識。

論起自然科學這塊兩個世界都有的學問領域，好像還是原本世界的研究更加發達。

裘德說他的專攻研究是藥水。

沒錯，就是藥水。

ＲＰＧ之類的遊戲裡會出現的那種藥水。

這裡的人會用於口服或塗抹於患部，類似日本的藥品。要說哪裡不同的話，便是藥水會立即生效這一點。

想知道到底有多快生效嗎？

不小心造成的割傷，只要塗上一點點藥水，傷口就會瞬間癒合。

實在是太令我驚奇了。

不過，看到我為了了解藥水的效果，立刻就拿刀具在指尖上劃出一道傷口，裘德的反應比我還大。

我說什麼都很想試試看，而且只劃了一小道傷口，但他整個著急到極點。

後來我就被唸了一頓。

結果，第一天上班就在認識研究所的設備、從事的工作內容中結束了。

隔天我便請裘德教我製作藥水。

不僅是因為裘德的專攻研究是藥水，能夠接觸原本世界沒有的事物感覺也很有趣，所以我就決定要跟他一起做研究了。

「那我要開始囉。」

裘德熟練地開始製作藥水。

由於我從來沒做過藥水，今後又要一起進行研究，他於是親身示範製作方法。

在鍋子裡放入既定的藥草和水，一邊注入魔力一邊熬煮，就能做成藥水。

藥水分為下級、中級、上級等，有一定程度的階級區別，階級則取決於使用的藥草。

然而，似乎並不是只要使用既定的藥草，就能製作出高階藥水。

據說製作高階藥水必須運用細膩的魔力操作，製作者的生產技能等級也會影響能夠製作的藥水階級。

而且使用到的藥草相當昂貴，再加上能夠製作的人也很少，所以高階藥水的價格貴到讓人不敢輕易使用。

說起來，本來就只有王公貴族會購買高階藥水，也不會陳列在一般藥商的店裡。

那麼，稍微把話題拉回去一點點。
藥水必須一邊注入魔力一邊熬煮。
沒錯，魔力。
「放入材料後，要一邊注入魔力一邊熬煮哦。」
「魔力？」
一開始聽到的時候，我就在疑惑要怎麼注入魔力。而這也不能怪我。
畢竟原本的世界又沒有魔力這種東西。
「要怎麼注入呢？」
「咦？」
我一問，裘德便露出驚訝的表情。
這個世界有魔法。
施展魔法要用到魔力，且存在著任誰都會使用的生活魔法，因此對這個世界的人來說，魔力是與日常生活密切相關的東西。
先是藥水，接著又是魔法，愈來愈像是遊戲了，但這裡毫無疑問是現實世界吧。
「呃，聖沒有使用過魔法嗎？」
「沒有耶。」

「生活魔法也沒有？」
「對呀。」
聽到我連平民普遍使用的生活魔法都沒用過，裘德大感震驚。如果不會操作魔力便沒辦法製作藥水，所以裘德決定做完藥水之後，就要教我如何操作魔力。
「這樣就完成了。」
「哇！」
熬煮完畢後進行過濾，然後裝進細長藥瓶裡的藥水是呈現淡紅色的清澄液體。
裘德這次做的是最簡單的下級ＨＰ藥水。
原因之一在於材料取得容易，要使用的藥草都可以在藥草園找到。
「竟然做得出這麼神奇的東西，太厲害了吧！」
「這是下級ＨＰ藥水，做起來其實還滿簡單的。」
「可是要操作魔力才做得出來吧？」
「嗯，確實沒錯。但這還只是下級而已，並不會難到哪裡去。」
「是這樣嗎？不過我還是覺得您很厲害耶。」
「有、有嗎？」
眼前這個充滿奇幻色彩的物品，讓我興奮地對著裘德連聲稱讚，裘德於是害羞了起來。

雙頰泛起一抹紅暈、表情靦腆的帥哥。
真是令人大飽眼福。

做完藥水後，我便開始學習操作魔力。
裘德手把手地悉心指導我，用的是他在王立學園學到的方法。
沒錯，就是字面上的手把手。
首先要從感受體內的魔力開始，但這個步驟非常困難。
畢竟我以前居住的世界是沒有魔法的。
而這個世界的人如果只需要施展生活魔法的話，其實不必費心注意體內的魔力。
因為大部分的生活魔法光是唸出來就能發動了。
不過，若是牽涉到製作藥水、發動生活魔法以外的魔法，就必須注意體內的魔力了。
裘德講解了形形色色感受魔力的方法，但我始終感受不到魔力，他便輔以王立學園的方式來幫助我學習。
「來，貼著我的手。」
裘德將手舉到胸前，我便按照事先的說明，將自己的手掌和他的手掌貼在一起。
藥草園的農活也是裘德工作的一部分，所以他的手有點粗糙。

透過這隻骨節分明、毫無疑問屬於男人的寬大手掌，可以感受到裘德略高於我的體溫。

我平時並沒有機會像這樣和男人手貼著手，不由得有點羞澀。

不行不行，要是在意就輸了。

這是工作，這是工作。

當我正在調整心情的時候，裘德便開口了：

「那就開始囉。」

裘德的魔力從右掌傳進來，我感覺到有某種東西一點一點地從那裡流入。

彷彿是熱流在移動似的，那是一種很難以言喻的感覺。

裘德的魔力透過右手進入後，推動了我體內的某樣東西。

好像就是我的魔力。

從右手開始流動的魔力並沒有直接從左手出去，而是如同血液般在全身上下循環。

看樣子，被召喚來這裡之後，我的身體也不當地球人了。

因為我在地球時應該不具有魔力，如今卻能感覺到魔力就在自己體內。

「我感覺到有什麼東西在全身上下循環。」

「嗯？已經感覺到了嗎？那就是魔力哦。」

我將我的發現告訴裘德後，他吃驚了一下，不過仍舊面帶微笑地為我說明。

雖然這是王立學園教導的方法，但好像大部分的學生都要花一個星期左右，才能感受到體內的魔力。

而我只需要袞德輸進些許魔力就感覺到了，因此他笑著對我說：「妳很有天分哦。」

即使袞德停止輸入魔力，我還是能感覺到魔力在體內循環，接著便開始學習操作魔力，這個過程也順利到讓袞德感到不可思議的地步。

「妳學得真快，我沒想到教學可以這麼快就結束。」

「一定是因為您教得好啦，真的很謝謝您。」

我笑咪咪地向他道謝，便看到他的臉頰再度泛紅，表情相當靦腆。

袞德的教法確實非常淺顯易懂。

似乎心情甚好的袞德，在這之後也教我學習各式各樣的生活魔法。

嘴上還一邊說，學起來才方便。

◆

被召喚來這裡之後又經過了幾天，我和袞德也混得很熟了。

熟到我已經不再對他使用敬語了。

裘德比我早進入研究所工作。我起初是將他當作職場上的前輩來看待，但因為我們兩個年紀差不多，裘德便希望我別再用畢恭畢敬的態度對待他。

自從裘德教會我製作藥水後，我就一直在製作下級ＨＰ藥水。

一切都是為了將來能夠製作高階藥水，所以我要提高生產技能等級。

不過，我也單純是在享受做得愈多等級愈高的樂趣。

我從以前就很喜歡練功型遊戲，一不小心就會沉迷在其中。

做好的下級ＨＰ藥水當然都沒有浪費，都用在研究所的研究上了。

最先察覺到異狀的並不是裘德，而是正在研究藥水的一位研究員。

「聖。」

「什麼事？」

不遠處響起一道嗓音，我轉頭一看，便發現研究員在朝我招手。

我疑惑地走過去，他就指了指工作桌上的下級ＨＰ藥水。

「這個藥水是聖做的嗎？」

「我看看……對啊，是我做的。」

用來研究的藥水之中，研究員製作的都會特別標記，藉此辨認是誰做的。

若是發生了什麼問題，便能追蹤源頭並調查原因。

研究員指著的藥水，上面就有可辨識製作者是我的標記。
「妳在製作藥水的時候，有特別做了什麼嗎？」
「沒有耶，我沒做什麼特別的，怎麼了嗎？」
「唔嗯，只要使用到聖的藥水，就會出現不一樣的效果。」
這個研究員正在開發新的藥水配方。
他這次是以現成的藥水為材料，打算配出療效更好的新型藥水，結果在實驗過程中，注意到市售的藥水和研究所的藥水會配出不一樣的效果。
他繼續深入調查，又發現有些研究所的藥水所配出的效果等同於市售的藥水，但有些則不是，最後才查出只有我做的藥水會配出更好的療效。
研究員納悶地歪著頭，可是我真的沒做什麼特別的事情。
我就是照著裘德一開始告訴我的材料和步驟，既沒有加其他材料，也沒有更改步驟。
「這個確實是下級ＨＰ藥水沒錯吧？」
「應該沒錯，我是照裘德教的方法去做的。」
「這樣啊，那我也問問裘德好了。」
研究員這次把裘德叫了過來，聽他敘述教我的內容。
我也在一旁聽著，內容果然和我記憶中的一樣。

「聽起來是一般的下級ＨＰ藥水作法。」
「是啊，我也不知道其他作法。」
「看來還是先把聖做的藥水送去鑑定好了。」
「這樣應該也比較快。」
由於找不出原因，最後便決定把我的藥水送去鑑定了。
之後，不知道研究員把我做的藥水送去哪裡做鑑定，過沒多久鑑定結果就出爐了。
說出來可別吃驚啊。
鑑定結果證明，我做的藥水不知怎的硬是比坊間賣的藥水更有效力。
據說增強了五成左右。
「這藥水的效力，確實相當異常。」
裘德單手拿著我做的下級ＨＰ藥水喃喃自語道。
出自我之手的每一瓶藥水似乎都具有很強的效力。
聽說拿了很多瓶去鑑定，但全部都比市售藥水的效力還要強。
「我只是按照你教的去做而已耶。」
「藥水也的確是呈現出下級ＨＰ藥水的顏色，到底原因出在哪裡呢？」
「不知道，會是手藝比較好的緣故嗎？」

「唔，我覺得應該沒什麼關聯。是說妳現在製藥技能多少級了？」

「等等哦，『狀態資訊』。」

只要唸出「狀態資訊」，眼前就會出現只有施術者自己才看得見的半透明視窗，上面顯示著我的狀態資訊。

這是裘德教我的生活魔法之一。

同時也是我沉迷在提高生產技能的原因之一。

將技能的等級化為可見數值，就是練功的一種要素。

像這樣顯示出數值，會讓人不知不覺地一路往封頂邁進。

小鳥遊　聖	Lv.55／聖女
HP：4,867／4,867	
MP：6,057／6,067	
戰鬥技能：	
聖屬性魔法	：Lv.∞
生產技能：	
製藥	：Lv.8

「現在8級哦。」

我確認狀態資訊後，將製藥技能的等級告訴裘德，就看到他偏著頭沉吟起來。

「8級的話，應該還沒辦法做出中級才對。」

「不過，無論怎樣都無所謂吧？又不是效力變差了。」

「不不不，這種情況並不是用誤差就能解釋的！釐清原因也是我們的工作！」

我原本覺得反正效力有變強就好，原因不是很重要，但裘德糾正說研究這種古怪現象並釐清原因也是研究員的工作。

實在沒辦法，我只好繼續陪裘德一起思考其他可能性。

「材料的種類和用量都和別人一樣，步驟也沒變，應該只差在製作者不同而已吧。」

「是啊。」

「除此之外，我能想到的就只有注入魔力上的差異了……」

「妳做藥水的時候，有注入大量的魔力嗎？」

「應該沒有吧？我覺得我沒用到那麼多魔力。」

「我想也是，在旁邊看妳做，也不覺得有用到多少……」

不管是增加藥草的數量還是注入的魔力，即使調整了構成藥水的材料分量，假如由其他人來製作，效力也只會稍微強上一點點。

不會到增強五成的程度，頂多高出幾%而已。

由於步驟實在太簡單了，即使有所更改，頂多也只是變成一開始先做出注入了魔力的熱水，再放進藥草加以熬煮。

不過，似乎還是現在確立的步驟最有效率，而且改成這樣也不會提高效力。

我和裘德左思右想，反覆試做了好幾瓶藥水後，便得出如此結論。

「魔力是不是有屬性之分？會是屬性造成的影響嗎？」

「應該不太可能。」

「是哦？」

「因為擁有魔法技能的人所做的藥水，和其他沒有的人所做的藥水相比，並不會出現效力上的差異。」

戰鬥技能之中，存在著各種屬性的魔法技能。

魔法技能並不包含生活魔法，身賦魔法技能者，才是一般認知中會使用魔法的人。

我以為擁有魔法技能的人，其魔力也會帶有屬性，但照裘德的說法來看，好像沒什麼關聯。

「先不談這個了，該不會是聖除了魔力以外，還多注入了其他東西吧？」

「其他東西是什麼東西啊？」

「唔，我也不是很清楚。」

裘德說完，笑著細瞧我的手。

他的臉上盡是說笑的神情。

可能是因為最近混熟了吧，裘德愈來愈常在討論事情的時候穿插幾句玩笑話。

「究竟問題出在哪裡呢？」

於是，討論又回到了原點。

「總之只能盡量多做嘗試了吧，你不是說釐清原因也是工作嗎？」

「哈哈，也是。」

之後，我便繼續和裘德一起嘗試用不同的方法製作藥水。

我的一天就在製作藥水中度過了。

◆

自從被召喚來這裡之後，已經過了三個月。

「『狀態資訊』。」

小鳥遊　聖　　Lv.55／聖女
HP：4,867／4,867
MP：5,867／6,067
戰鬥技能：
聖屬性魔法：Lv.∞
生產技能：
製藥　　　：Lv.21

在研究所埋頭製作藥水之下，我的製藥技能升到了21級。

每升10級就可以製作更高階的藥水，因此我現在也會做上級HP藥水了。

只不過還是很容易失敗就是了……

上級藥水使用到的藥草大部分都很珍貴，以失敗率太高的這個等級來說，不太能得到製作的機會。

超過20級之後，我成功做出的上級HP藥水也只有三瓶而已。

話雖如此，會製作的人本來就很少，所以像我這樣的研究員會製作上級藥水似乎是件不得了的壯舉。

聽說研究所以前都沒有人會製作上級藥水，有研究需要的話，都是從外面訂購。因此當我會做的時候，大家都很開心可以節省這部分的工夫與成本。

要提高製藥技能的等級就必須製作藥水，但通常會耗盡魔力，導致一天能做的藥水量有限，等級也升得很慢。

至於我嘛。

「妳做的數量還是很不正常啊。」

「是嗎？」

「嗯，一天之內能做出十瓶以上中級藥水，真的有夠不正常的。」

在眼前的保管庫裡，一排排擺滿了中級ＨＰ藥水。

療效當然比一般的高出五成。

照研究所所長的說法，搞不好比一般的上級ＨＰ藥水還要強。

為了找出我做的藥水具有異常療效的原因，我和裘德兩人到現在仍舊日夜不停地進行檢驗。

由於遲遲沒有成果，想說可能只靠我和裘德會有疏漏之處，所以最近還找來其他研究員加入檢驗的行列。

為了從各種不同的角度進行檢驗，我們有人負責檢驗製作過程，有人負責檢驗藥水。而我則負責專心製作藥水。
整天不停地做。
忘記是什麼時候了，那天我做到一百五十瓶下級ＨＰ藥水時——
裘德跟我說：「妳還能繼續做啊？」
我則回道：「怎麼了嗎？」
然後我才知道有所謂一天之中普遍能做出的藥水數量。
隨著要製作的藥水階級變高，必須注入藥水裡的魔力需求量也愈多，通常一天大概能做一百瓶下級藥水或是十瓶中級藥水。
這是專門製作藥水的藥師所能做出的數量，研究所的人則還要再少一些。
我製作藥水的時候的確會消耗ＭＰ，但少到我完全沒放在心上。
於是裘德便懷疑我製藥的時候是不是沒有注入魔力，還問了我許多事情。但我的ＭＰ確實有在減少，再說沒注入魔力的話，就只是會做出煎藥草汁而已。
最後，因為所長說：「都先去研究效力提高的原因吧。」所以我又回到埋頭製作藥水的日子，不過好像有點得意忘形了起來
結果，我做的藥水超過了研究需求，根本用不完。
雖然拿去市場批售可以賣到不錯的價錢，但畢竟效力是一般藥水的１．５倍，直接批售

會引發問題，於是研究所現在的藥水存量相當可觀。
「妳又做這麼多，小心挨所長罵哦。」
「我太專注了，忘記數自己做了幾瓶。」
才怪。
我只是在提升等級，想盡快讓自己能順利製作出上級ＨＰ藥水，免得又要被唸。
藥草都是取自藥草園，因此前陣子所長就在抱怨藥草園的藥草變少了。
我不想挨罵，便決定把今天做的藥水藏在自己的房間裡。當我正在把今天做好的分量從保管庫拿出來時，研究室的門就隨著「砰」的一聲巨響而被打開了。
我一回頭，看到有名士兵氣喘吁吁地大喊：「所長呢？」同時衝進了研究室。
我指了指所長室的門，他便十萬火急地衝過去。
究竟發生什麼事了？
不久後，士兵和所長就走出了所長室。
「有緊急狀況，將現有的恢復型藥水都集中起來。」
「請問出什麼事了？」
「第三騎士團從葛修森林回來了，但聽說遇上了沙羅曼達，傷者人數眾多，藥水不夠用。」

所長附近的研究員詢問詳情後，我便了解情況了。

這一個星期以來，第三騎士團都在位於王都西邊的葛修森林剿滅魔物，但看樣子是在當地遭受了重創。

所長平常那張俊美的臉蛋上總是笑若春風的模樣，現在卻擺出凶神惡煞般的表情對大家下指令。研究員們當即趕忙從桌子抽屜和櫃子裡拿出藥水，然後集中在研究室入口附近的桌子上。

我也和裘德一起取出保管庫裡的藥水搬過去。

士兵看到集中在桌子上的藥水，不由得驚呼出聲：「怎麼這麼多！」

是啊，畢竟累積很多天了嘛。

將保管庫裡的所有藥水都取出來後，我想到房間裡還有上級HP藥水，便去房間拿了。

當我從房間回來時，研究所裡的藥水似乎都集中完畢，全都堆放在門外的運貨馬車上了。

「來幾個人跟我一起去。」

在所長的指令下，入口附近的研究員跟著搭上了馬車。

待我跑過去坐上載貨台後，馬車便奔馳了起來。

「欸，葛修森林有龍出沒嗎？」

「龍？沒有啊。」

「沙羅曼達不是火龍嗎？」

「嗯？沙羅曼達只是會噴火的蜥蜴而已吧。」

我向同行的裘德詢問沙羅曼達的事情，結果他的回答出乎我意料之外。

原來沙羅曼達不是龍哦……

在我印象中是火龍啊……

「區區蜥蜴竟然能造成那麼嚴重的損傷……」

「雖說是蜥蜴，體型卻很龐大，動作還相當敏捷，所以儘管不是龍種，但還是屬於上級魔物。」

「這樣啊。」

沙羅曼達在我腦中的形象變成體長十公尺的科摩多巨蜥了。

要是這東西噴著火快速朝我衝來，在迎頭對上的那一刻，我敢肯定自己會當場腳軟，放棄求生意志。

竟然要和那種上級魔物交戰，騎士團也真苦命。正當我這麼想的時候，運貨馬車停在了王宮一隅。

走進一旁的建築物後，我赫然發現裡頭跟戰場沒兩樣。

「太慘了……」

「……」

平常作為大廳的房間裡，地板上躺著許多傷患，有些人員穿梭在他們之間走來走去，應該是醫生和護士們。

身上負傷以及遭到沙羅曼達的火焰燒傷的傷患發出痛苦呻吟聲，充滿了整個室內，還有醫生喊著：「藥水還沒到嗎？」

直到剛才都還很悠哉愜意的心情彷彿被人澆了盆冷水，我呆立在原地。而走在最前頭的所長這時拍了拍手。

「將帶來的藥水發出去！你們兩個去那邊，裘德和聖去另一邊。」

「「「是！」」」

我分批拿起幾瓶藥水，發給各處的醫生。

醫生幾乎都待在重傷患者旁邊，一拿到藥水就馬上讓患者服用。

不曉得是不是因為整體藥水供給不足的緣故，有的重傷患者理應投以中級ＨＰ藥水才能順利痊癒，卻還是施用了下級ＨＰ藥水。

站在醫生的角度來看，應該是覺得總比什麼都沒有來得強吧。

要是傷患正在生死交關的臨界點上，那就更不用說了。

有服用藥水，就有機會活下來。

「怎麼回事？」

讓傷患服用研究員遞來的藥水後，醫生發出了驚呼。

那名傷患原本呼吸急促紊亂，身上有魔物利爪造成的一大片撕裂傷，然而在服用藥水後，傷口頓時消失得無影無蹤。身體突然之間不再疼痛。他好奇地睜開了眼，戰戰兢兢地檢查著自己的身體。

包含各處的輕微皮肉傷，全身的傷都消失了，原本蒼白的臉色也逐漸恢復血色。

「這是下級沒錯吧？」

醫生詫異地舉起空瓶子看著，不過藥水已經全部讓傷患服用了，應該很難辨識階級才對。

醫生讓傷患服用的確實是下級ＨＰ藥水，但那並不是單純的下級ＨＰ藥水。

而是我製作的效力增強五成的藥水，也就是說，效力本身屬於中級藥水的程度。

我在醫生追問更多事情之前離開，陸陸續續地將藥水發出去。

耳邊接連傳來醫生和護士們的困惑聲，但我置若罔聞。

因為現在當務之急是發藥水。

「沒有上級ＨＰ藥水嗎？」

大廳內側傳來不知道是誰的聲音。

我循著聲音看過去，便發現有好幾位醫生和騎士聚集在那裡。

說話的人在那邊嗎？

我手上有中級ＨＰ藥水，便拿著走了過去。隨著距離接近，他們爭執的聲音就傳入了耳中。

「這種傷勢用上級藥水也起不了什麼作用吧，沒有會使用恢復魔法的人嗎？」

「就算是恢復魔法，也必須是4級以上才行……」

「不能將聖女大人請來嗎？她應該會使用4級的恢復魔法吧？」

「這是因為凱爾殿下有言，不能讓聖女大人見到如此悽慘的景象……」

「你說什麼？」

我沒記錯的話，凱爾好像是第一王子的名字，就是那個將來會禿頭的紅髮少年。

重傷患者的傷勢要是沒打馬賽克的話，確實相當怵目驚心。

即使是自認對血腥畫面忍受度很高的我，也不忍直視傷勢，發藥水的時候都是盡量避開別看。

換作是那個柔美可愛的愛良妹妹，可能入眼的瞬間就昏倒了。

告知愛良妹妹無法過來的那位人士似乎是一名文官，與之爭論的騎士則應該是傷患的朋友吧？

在人牆的阻隔之下，我見不到傷患，沒辦法做出判斷，但好像是上級HP藥水也難以治癒的重傷。

我掃了一眼人牆，看到所長也在，於是走到他身旁。所長發現後便朝我說道：

「聖！妳還有上級HP藥水嗎？」

「啊，這麼說起來——」

「團長！」

我往傳出聲音的方向看去，只見醫生和護士慌慌張張地動了起來。

似乎是傷患的情況驟變。

我也連忙撥開人群，擠到傷患的旁邊。

從近處看去，那位傷患的右上半身都被燒得焦黑模糊，身上遍布著大大小小的傷痕，受到如此嚴重的傷勢還能撐到現在，簡直令人感到不可思議。

他紊亂的呼吸變得愈來愈微弱。

「讓開一下！」

我將醫生推開，就近查看傷患的模樣，感覺到他似乎馬上就要斷氣了。

於是我連忙拿出放在圍裙口袋裡的上級ＨＰ藥水，打開蓋子後湊到他嘴邊。

「快喝下去！」我對他喊道，這才看到他一點一點地勉強嚥了下去。

周遭的人們都屏息凝神地看著他慢慢吞進藥水。

不知道過了多久，傷患將藥水喝完後，燒焦的皮膚便逐漸剝落，露出下面的漂亮新生肌膚。

紊亂的氣息也平復下來，但並不是沒了呼吸，而是轉為平穩的鼾息。

我看到這裡，感到大功告成而呼出一口氣，周遭則掀起一片「哇噢噢噢噢噢噢噢噢噢噢噢噢噢噢噢噢」的歡呼聲。

第三幕　下廚

自從被召喚來這裡之後，已經過了四個月。

聽說那天因為研究所的藥水讓第三騎士團的眾多傷患得救，王宮那邊於是給了一筆額外賞賜。

值得一提的是，我用上級ＨＰ藥水救的傷患是第三騎士團的團長，還是好人家邊境伯爵家的三子，所以邊境伯爵也特別贈送了謝禮。

而且呢，第三騎士團買下了我做的藥水。原本可是因為效能不尋常，想賣給商店也不能賣的。

多虧如此，研究所這陣子經費十分充裕。

「所以妳有想要的東西嗎？」

某天，我將茶端進所長室後，所長跟我提起了這件事，還問我有沒有想要的東西。

面對突如其來的問題，我稍微想了想，開口道：

「這樣啊……那我想要浴室和廚房。」

「浴室就算了，妳要廚房幹嘛呢？」
「呃，因為我很喜歡做菜啊。」
這個理由是真的，但也不只是這樣。
畢竟這個世界的烹飪技術毫無水準可言。
該怎麼形容才好呢，就是很多菜餚吃起來根本是食材原原本本的味道。
雖然也會加鹽或醋來調味，但完全不合我胃口。
我都是去王宮的員工餐廳吃飯，那伙食真的可怕。
實在難以下嚥，我還因此不小心瘦下了幾公斤。
以前還不覺得，但自從被召喚到這個世界之後，我便深深意識到自己是個挑嘴的日本人。
儘管我廚藝沒有多好，只是喜歡下廚罷了，不過我覺得自己動手做一定比較好吃，所以才會想要一間廚房。
「做菜？聖自己來嗎？」
「對啊。」
聽到我會做菜，所長彷彿大吃一驚似的睜大了雙眼。
沒必要這麼驚訝吧？

難道說我看起來不像會做菜的樣子嗎？
見我歪頭不解，所長便解釋了他感到驚訝的原因。
他果然沒想到我會做菜。
聽說這個國家的貴族和富商等等有錢人家，都會聘請廚師，家裡的女眷不需動手下廚。
而平民的家中，自然是由女主人來做了……
「所長，我可是平民哦。」
「也對，經妳這麼一說，確實是如此。」
所長露出苦笑，感覺完全忘了有這麼一回事。
我是被召喚才來到這個國家的這件事，所長是知情的。
要把我調來研究所工作的時候，高官似乎有跟他說明我的來歷，不過他希望能直接從我身上了解相關詳情，因此還問了我幾個問題。
比如說，我在日本的身分以及生活情形等等。
當時我就跟他說，我只是一個在公司上班的小老百姓。
「看著聖，實在很難跟平民聯想在一起。」
「我不管從哪個角度看都是平民吧。」
「那倒未必，這個國家的平民可沒幾個和妳一樣具備這樣豐富的學識素養。」

聽所長說，這個國家並沒有供平民念書的學校。

裘德以前念的那間王立學園是給貴族子弟念書的地方，除非平民的子女擁有魔法技能，才會破例以獎助生的身分准予入學。

難怪我說日本有實施義務教育，平民也必須上學的時候，所長十分驚訝。

聊著聊著，等所長喝完茶後，我便回到工作崗位上。接著過兩天，師傅們就來研究所了。

老實說，雖然我回答了所長的問題，可是有一半是在開玩笑。

沒想到真的會接連送來工程相關用具，準備設置浴室和廚房。

看來我太天真了。

事情進展的速度快得不可思議，彷彿老早就規劃好一般，沒過多久，浴室和廚房便完工了。

風馳電擊般的過程，那效率應該足以和日本匹敵了。

就這樣，藥用植物研究所擴建了。

廚房規模堪稱較大型的營業用廚房，旁邊還有容納得下所有研究員的飯廳。

連廚師都請來了。

簡單來講就是設置了研究所專用的餐廳，而且大家對此都感到很滿意。

以前大家都是去王宮的員工專用餐廳吃飯，可是王宮距離這裡相當遙遠。喜歡窩在個人小天地的研究員們簡直樂翻了。

「妳今天在做什麼啊？」

「今天做的是香料煎雞肉和生菜沙拉。」

我在新廚房的角落切著萵苣絲，後方傳來了所長的聲音。

雖然特地請了廚師，但我還是會挑不忙的時候來做自己的餐點。

因為我本來就是吃不慣這個國家的料理，才拜託所長設置廚房的。

在要求這位特地請來的廚師讓我做自己的餐點前，我一直很擔心會不會因此惹他不高興，但幸好廚師人很親切，欣然將廚房一角讓給我使用。

只不過我在做菜的時候，他都會緊盯著看就是了。

看來是個積極上進的廚師呢。

他主動說想嚐嚐看味道，我讓他試了之後，他就把一人份的料理嗑光光了。

吃進第一口的當下，他呆了呆，接著便沉默地繼續吃了起來。

後來他拜託我教教他，從此每當要做新菜色的時候，我就會教他作法。

教學奏效，研究所餐廳的餐點成功晉升為美食，遠比王宮的員工餐廳好吃太多了。

既然餐點變好吃了，我也就不需要再自己下廚。但是廚師懇求我繼續教他新菜色，所以我最近一個星期會下廚一次，做的菜也會請廚師吃。

「怎麼了嗎？」

我一邊煎雞肉，一邊向背後的所長問道。

從剛才開始，除了廚師之外，連所長都站在背後盯著我手邊的動作。盯得那麼緊，會不會在雞肉上盯出一個洞來啊？

想必不可能就是了。

自從我開始在廚房做菜後，所長只要在研究所就一定會來看看情況。

「我覺得看起來很好吃。」

「謝謝誇獎。」

「這次是什麼口味呢？」

「我只用鹽和胡椒調味哦，然後有撒些藥草提香。」

「這樣啊。」

說到這裡，我又稍微看了一下背後，只見所長的目光還是直勾勾地盯著雞肉。

「所長，您該不會是想吃吧？可是我剛才好像有看到您在吃午餐耶。」

「唔……嗯，是沒錯啦……」

我三度回頭瞥去，看到他一臉難為情的模樣。

露出那種表情卻也沒有要離開的意思，看來是想吃得不得了啊。

平常在餐廳看到他吃飯的時候，他吃的分量都和周遭的人一樣，食量不像是特別大的樣子。

該不會是被抹在雞肉上的香料給勾住腳步了吧？

畢竟我用的香料都是剛從藥草園採來的新鮮羅勒和迷迭香，氣味非常迷人嘛。

而且正好翠綠鮮嫩，我還用來做沙拉了。

我將煎好的雞肉盛到準備好的盤子上，在旁邊放上用自製沙拉醬拌過的生菜沙拉。

我原本只準備了廚師和我自己要用的兩個盤子。於是我另外拿出一個小盤子，將我盤子裡的雞肉和生菜沙拉分一些過去，做出一盤餐點。

盛裝完畢後，廚師便興沖沖地端起盤子往飯廳走去，然後把盤子擺在離廚房最近的餐桌上。

我也一手拿起裝滿麵包的籃子，跟隨著他的腳步而去。

「您不介意的話，也一起過來吃吧。」

我對跟在後面的所長這麼說道，並指了指擺有小盤子的座位，他便一臉開心地就座了。

「還是一樣很美味呢。」

所長那張俊美的臉蛋上漾著笑意，他的笑容本來就令人如沐春風。

能合您的胃口真是太好了。

考慮到所長已經用過午餐，我只盛了一點點給他，但他似乎意猶未盡的樣子。

他還用麵包沾起盤子上的雞油和香料，將所有東西吃得一乾二淨。

「話說回來，把藥草加入菜餚真是意想不到的點子。」

「在我的故鄉，會用各式各樣的藥草入菜哦。」

我是配合這個國家的說法才用藥草這個詞，但其實就是所謂的香草。

而且香草這個詞本身也具有藥草的意思。

今天用到的羅勒和迷迭香，都是在原本的世界就常用來入菜的香草。

不過在這個國家，藥草終究是藥草，並不會拿來做菜。

「在菜餚中加入藥草的話，好像可以預防食物中毒，還有幫助消化的效果呢。」

「哦？」

「還有一種專門用來預防疾病的料理，叫做藥膳。」

這邊提到的藥膳是來自日本鄰國的料理。由於廚師也在，我便含糊帶過異世界的事情，一律以故鄉來交代。

說不定其實廚師也知道我來自異世界。

但也有不知道的可能性，因此為了以防萬一還是先瞞著吧。

所長似乎對料理和藥草之間的關係很感興趣，向我詢問了許多問題。

看到所長這樣的一面，我才想到他也是研究者。

他通常都窩在所長室裡，只從事管理業務，所以給人的感覺不太像是研究者。

有些問題的答案我也不是很清楚，於是我會說出自身的推測，所長也會將他的想法告訴我。

我們談得很熱絡，但幾乎都是關於藥草的事情，害廚師沒辦法加入話題，讓我覺得有點對不起他。

◆

「聖。」

今天也有新菜色教學。當我在廚房教廚師做三明治的時候，裘德出現了。

「什麼事？」

「我來替所長轉達事情，他請妳把這份文件送到第三騎士團的隊舍。」

「我現在暫時走不開耶，裘德不能幫我送去嗎？」

「不行，他好像指定要聖送過去的樣子……」
「怎麼會指定我？現在就要去嗎？我就快做完了，可不可以晚點再送？」
「晚一點應該沒關係吧。」
「我知道了，送去第三騎士團的隊舍對吧？」
「嗯，他在團長的辦公室，請妳把文件送到那裡。」
「好的。」
來到第三騎士團的團長辦公室，我請站在門邊的隊員幫忙傳達後，他馬上就讓我進去了。
看來所長有事先交代過。
我一走進裡面，便看到辦公桌前的會客沙發上坐著所長和另一名男子。
應該就是團長吧？
「抱歉讓您久等了。」
「不會，還勞煩妳跑了這一趟，謝謝。」
「那我就回去了哦。」
「等一下。」
拿到文件後，所長笑盈盈地向我道謝。而正當我想說已完成使命，打算轉頭離開時，他便把我留住了。
我疑惑地看著所長，他則示意我在他旁邊坐下。
為什麼呢？
我又看了一眼應該是這個房間的主人，他也示意我坐下。
我別無選擇，只好乖乖在所長旁邊坐下。所長隨即朝那名男子說道：
「她就是聖。」
「原來就是妳啊，我叫做艾爾柏特·霍克，是第三騎士團的團長。」
「幸會，我叫做聖。」
我沒有說出自己的姓氏。
因為這個世界只有貴族才有姓氏，而我並不是貴族。
剛被派到研究所工作的時候，我曾向所長報上姓名，當時他便告訴我這件事。
我的姓氏對這個國家來說相當陌生，要是隨便報上姓名的話，可能會遭到旁人追問導致事情變得很麻煩，所以從那之後我便不再自報姓氏。
話說回來，這名男子果然就是團長。
坐在他斜前方的位子上，我重新觀察起他。
他有一頭微鬈金髮和灰藍色眼眸，渾身透著一股清冷的氣質。

年紀應該和所長差不多吧？

但體格比所長還要好，真不愧是騎士。

不對，所長的身材其實也相當頎長結實。

應該說，肌肉的厚度不一樣。

他可能是我來這個國家遇到的人裡面，最接近理想型的一位。

「妳還記得第三騎士團前陣子遠征的事情嗎？」

「遠征？」

「就是沙羅曼達那件事啊。」

「哦。」

突然受到介紹，我正在納悶找我有什麼事的時候，所長就唐突地帶起話題了。

一開始說遠征，我還不知道是指什麼事情，但提到沙羅曼達我就懂了。

就是前陣子從葛修森林回來的騎士團出現大量傷患的事吧。

在那之後，我沒特別去打聽後續情形，所以早就忘光光了。現在回想起來，那個騎士團好像是第三騎士團沒錯。

「妳當時不是餵某個傷患喝上級ＨＰ藥水嗎？」

「對啊。」

「那個人就是他。」

經所長一提，我才想起的確也有這麼一個人。

當時被我餵上級ＨＰ藥水的傷患，是傷勢最嚴重，也是唯一的一個。

可能是因為我盡量避免去看那一身慘不忍睹的燒傷，所以不記得對方長怎樣，但我記得旁邊的騎士曾喊他「團長」。

原來如此，這個人就是當時差點死掉的那個傷患啊。

我有看到餵完藥水後，被燒焦的皮膚立刻剝落，新生的皮膚從下方重新生長出來，不過我並沒有繼續看到完全復原。

畢竟後來我依舊一直在到處發藥水。

我重新觀察起團長，他的肌膚復原得很漂亮，看不出曾遭火吻。

竟然能復原得這麼好，異世界的藥水真的很神奇。

照這樣看來，燒傷以外的傷勢應該也都痊癒了吧。

雖然我很想親眼見識藥水的效力，但也不好叫人家把衣服脫掉讓我看看。

「謝謝，多虧有妳，我才能得救。」

「不會……」

糟了。

我太好奇傷勢復原狀況，一直盯著團長的臉看，結果他好像因此微微紅了臉。

沒想到帥哥害羞的模樣具有這麼強的殺傷力。我內心小鹿亂撞的同時，回了句無關痛癢的客套話，結果旁邊傳來「噗哧」一聲。

我往旁邊一看，便發現所長正捂著嘴忍笑。

「所長？」

「沒事，別在意。」

即使他嘴上說別在意，卻還是一臉忍俊不禁的模樣。到底有什麼好笑的啊？

大概是所長的行為實在太詭異了，就連團長也露出了不解的神情。

不對，與其說是不解，不如說像是感到惱怒，又像是覺得很難為情似的。

覺得很難為情？

反正就是皺著眉用令人難以捉摸的表情看著所長。

「啊對了，妳不是想要上級ＨＰ藥水的材料嗎？」

「是啊，可是材料要去森林裡才採得到吧？」

就在團長差不多要出聲的那一刻，所長好像終於抑制住發笑的衝動，開口轉移了話題。

我暗自鬆了口氣，雖然轉得有點硬，但幸好是搶在團長發怒之前。

我確實曾經跟所長提過想要上級ＨＰ藥水的材料。

藥草園的上級HP藥水專用藥草本來就很少，還因為最近的濫採導致數量銳減。

儘管我是為了提高製藥技能的等級才一直不斷製作藥水，然而遺憾的是，這種藥草不好栽培，因此所長禁止我繼續使用。

於是我建議所長從外面訂購。然而由於藥草難以栽種，導致價格相當可觀。

儘管這陣子經費十分充裕，但要從外面大量訂購這種高級材料還是有難處。

聽說王宮外面的森林等地採得到野生的材料。雖然走一趟既耗時又費力，卻能省下這方面的開支。不過森林裡有魔物出沒，只憑研究員去採集實在困難重重。

「沒錯，以這一帶而言，可以在南邊的森林採到。妳要不要去採採看呢？」

「所長，我可不想遭到魔物襲擊哦。」

「別擔心，有第三騎士團的成員負責保護妳。」

「咦？」

「是為了感謝上次的藥水而贈與的謝禮。」

聽到所長這麼說，我不禁看向團長。

他神色溫和，和剛才完全不同。看來真的如所長所說，他願意護送我去採藥草作為藥水的謝禮。

可是……

「已經收過謝禮了不是嗎……」

王宮有給與額外賞賜，邊境伯爵家也送了謝禮。

要是再繼續收下去，感覺實在太多了。

「聽說是團長個人的意思。」

「喂！」

見到所長壞笑著補充，團長連忙出聲制止他。

但也來不及了。

不過，因為個人的謝禮而動員整個騎士團真的好嗎？

「這是您個人的意思嗎？」

我偷偷瞄了一眼團長。他似乎有聽出我的言外之意，便假意清了清嗓子，窘著臉解釋：

「我們本來就計劃前往南邊的森林討伐魔物，所以只是順道問要不要一起來而已。」

「原來是這樣呀。」

本來就是計劃好的事情。

那應該就沒關係了吧？

我確實很需要上級HP藥水專用的藥草。

「倘若不會造成困擾的話，就拜託您了。」

我向團長鞠躬，團長則頷了頷首表示沒問題。
接下來我們便繼續談論起何時遠征等具體事項。等我發現的時候，外頭已是黃昏時分。

◆

今天，我來到王都南邊的森林——薩烏爾森林。
第三騎士團會定期討伐在王都周邊橫行的魔物。繼西邊的葛修森林後，下一個遠征目標就是這座薩烏爾森林。
聽說騎士團本來不需要這麼頻繁地去討伐魔物。但近幾年來，照以往的頻率實在應付不及，於是他們便接連不斷地出征討伐。
不過，因為已經透過「聖女召喚儀式」將「聖女」召喚過來了，大家認為這個狀況應該會慢慢有所改善。
加油啊，愛良妹妹。
於是乎，藥用植物研究所的其他研究員也一起參與了這次的遠征。
雖說討伐魔物才是主要目的，但以前研究員好像從來不曾和騎士團一起來過森林，便藉著這次機會帶上大家，把藥草園沒有的各種藥草從森林採回去。

其中有人建議除了採集之外，還可以進行藥草的植被調查。不過這樣會妨礙到人家討伐魔物，便被所長一口駁回了。

讓只會礙手礙腳的研究員參與騎士團的討伐行動本來就很荒唐了，完全是承蒙騎士團的好意才能促成這趟行程。

由於有其他研究員自願去採集藥草，我原本還想留在研究所裡悠閒地製作藥水。但藥草用得最凶的人就是我，所長認為我有參加的義務，於是我只好乖乖履行了。

「喂——別走得太遠啊。」

我在距離道路不遠的地方發現想要的藥草，正要去採的時候，後方傳來了裘德的提醒聲。

我迅速採好藥草回到裘德身邊，結果被他唸了一頓。

「雖說這裡比西邊的森林還要安全，但並不表示就不會出現魔物，如果妳要離開的話，一定要先說一聲才行。」

「抱歉抱歉。」

在南邊森林出沒的魔物似乎比西邊森林的還要弱，但畢竟還是有魔物存在。

而雖然我知道要提高警覺，但活在日本的感覺好像還留在身體裡，一看到正在找的東西，我想都沒有多想就跑過去了。

「我有在注意，只要別離得太遠就不礙事。」
團長在我們兩人背後輕笑著說道。
騎士團和研究員現在分為三組來行動。
因為分頭行動可以提高效率。我和裘德則是被分到團長這一組。
其實在南邊森林出沒的魔物沒有多難對付，團長一般不會同行。
但是聽同組的騎士說，這次是因為我們也在，他才特地跟大家一起來的。
雖說是謝禮，卻讓我心中充滿了內疚感。
「有勞您了。話說回來，我們應該已經走到很裡面了吧？可是都沒遇到魔物呢。」
沒錯。
走進森林後已經過了兩個小時，但一次也沒有遇到魔物。
平常就是這樣嗎？
我詢問團長，結果似乎並非如此。
「不，要是照平常的話，就算已經遇上幾次魔物也不奇怪……」
「原來是這樣。」
「是啊，很少會到現在還沒遇到。」
說完，團長皺著眉做出思考的動作一會兒，然後去找其他騎士交談。

唔，會是什麼原因呢？

雖然不同於暴風雨前的詭寂，但千萬不要突然衝出沙羅曼達那種強悍魔物啊。

我邊想邊採摘生長在路旁的藥草，同時前往和其他組會合的地點。

這條路的前面有一塊開闊的空地，我們計劃在那裡和其他組會合後，就可以吃午餐了。

「真好吃！」

待所有人會合後，我們開始享用午餐。

聽到此起彼落的讚嘆聲，我便覺得努力都值得了。

得知午餐是交由騎士團來負責之後，基於對這個世界的烹飪狀況感到憂心忡忡的立場，我實在沒有不幫忙的道理。

加入平常不會用到的香草所煮成的湯，似乎頗得大家好評。

「早有耳聞藥用植物研究所的餐廳很好吃……莫非都是妳做的嗎？」

團長一邊注視著湯匙裡的湯，一邊如此問道。

看來在菜餚中放入藥草真的很少見，我在下廚的時候，他也站在後面問藥草的品種，以及放入的原因等形形色色的問題。

記得某個所長也很愛站在後面窺看我做菜，兩人的言行舉止簡直一模一樣。

聽其他研究員說，團長和所長是從小一起長大的好朋友，不過，感情會好到連言行舉止都很像嗎？

「不，我頂多提供食譜而已，平常都是廚師在做哦。」

「天天都能吃到這麼美味的食物，實在令人稱羨。」

看到他瞇起眼津津有味地喝著湯，我真的非常開心。

可是待在這群人當中，讓我有點緊張。

經過一個上午的討伐行動後，騎士和研究員差不多都混熟了，他們各自聚成一團，而我旁邊則坐著團長。

對面還坐了個副團長，我是唯一一個被上級長官包圍起來的研究員。

至於裘德嘛……

我原本想把他拉進來，結果被他逃了。

給我記住啊。

「聽說這道湯放了很多種不同的藥草，喝完之後，身體比平常還要暖和許多，裡面放的藥草具有這種效果嗎？」

「對，沒錯，今天的湯裡……」

雖然多半都是團長在跟我聊天，但不時會有其他騎士找我攀談，應該說，他們對加在菜餚中的香草感到很好奇，各式各樣的話題把氣氛炒得很熱絡。

特別是聊到可以加在下酒菜裡的香草時，大家顯得更是起勁。

加在香腸裡可是很好吃的呢。

就這樣盡興地暢談料理之後，下午繼續展開討伐行動，傍晚便打道回王宮。

由於這次出動的人數還滿多的，回到王宮後，要先前往第三騎士團的演習場集合。

累歸累，但大概是因為討伐行動很順利且無人陣亡，所以在演習場集合的研究員們簡直像是剛從遠足回來似的，三五成群地聚著聊天。

他們不僅聊這次採到的藥草，還聊到沿途遇到的魔物以及騎士們作戰時的模樣。

我那組所經過的路上，到了下午仍舊連魔物的影子都見不著，同行的騎士還說：「魔物大概是被團長的威風嚇得瑟瑟發抖了，才不敢接近吧。」

團長正因為是這個騎士團的首長，在團內也是數一數二的強。

雖然後來也有說魔物不敢靠近只是玩笑話，但以前的確從來沒有這麼平靜過。

實際上，其他組的人下午同樣遇到了好幾次魔物，而且研究員還和騎士齊心協力一同作戰。

研究所的研究員們似乎都擁有某些魔法技能。

他們站在騎士們後面，藉由施展魔法來支援戰鬥。

大家看起來都有點樂在其中，因為上次討伐魔物還是在王立學園的時候。

「一聽說是討伐行動，我還做好了心理準備，結果三兩下就解決了，讓我好失望啊。」

「是啊，好久沒跟魔物戰鬥了，狀況卻比想像中還要好。」

「你也是哦？我也覺得自己好像比在學校的時候還要猛耶。」

「這樣說就太誇張了啦。」

大家就這樣你一言我一語興奮地聊著，大概是因為提到了討伐的事情，連騎士們也加入了。

「原來你們也是嗎？」

「咦？」

「其實呢，我們剛才也在說動作比平常還要靈活多了，覺得滿不可思議的。」

根據騎士的說法，大家一開始都以為只有自己而已，但其他騎士也表示動作比平常還要靈活，於是在經過一番討論後，得出的結論是體能增強了。

「原因在哪裡呢？」

一名研究員自言自語地嘀咕著，其他人便開始闡述各自的看法。

不過，大家很快就想到了一個原因……

「應該是午餐吧？」

「「「沒錯！」」」

的確，在湯裡加入香草這種作法，先不提平常吃慣研究所餐廳的研究員們，對於騎士們來說應該都是初次的體驗。

那麼，香草就是原因嗎？

說到這裡，研究員們突然之間精神都來了。

他們熱情充沛地想著要趕快回研究所展開調查，我好不容易才把他們攔下來等待確定解散的號令，不過回到研究所又是一陣大騷動。

大家明明應該都滿累了才對吧？

在那之後過了一個星期。

為了調查原因，我在研究所用各種不同的條件來製作料理，並進行試吃比較。

簡直可以說從早上吃到半夜，一整天都在吃。

光靠研究所的人實在消化不完，所以也有拜託在討伐行動時交情變好的第三騎士團來幫忙。

一聽到可以在傳說中的藥用植物研究所餐廳吃飯，騎士們都很樂意幫忙，真的很感謝他們。

結果發現，擁有烹飪技能的人所做的特定菜餚，可以達到增強體能的效果。
只要擁有烹飪技能，就如同製作藥水的時候一樣，製作者的魔力會作用在菜餚上。
餐廳的廚師通常都擁有這種烹飪技能。
我們研究所的廚師當然也不例外。

小鳥遊　聖　　Lv.55／聖女
HP：4,867／4,867
MP：6,067／6,067
戰鬥技能：
聖屬性魔法：Lv.∞
生產技能：
製藥　：Lv.28
烹飪　：Lv.5

然後，我不知何時也有烹飪技能了。
這似乎就是大家的體能在討伐行動時增強的原因。
平常在餐廳吃飯的研究員之所以到現在才發現，可能是很少活動筋骨的緣故吧。
而騎士們大概是因為活動筋骨本來就屬於工作，所以立刻就察覺到了。

其實，我覺得他們會發現的原因不只如此。

製作藥水時會讓效力增強五倍的魔咒好像也發揮到菜餚上了，比起餐廳廚師的菜餚，我做的菜餚具有更強的效力。

恐怕是因此讓效力變得格外顯著，這次才會讓大家發現。

我將這件事告訴所長後，他傻眼至極，接著便規定我今後不得隨便在公眾場合做菜。

幕後

時間稍微倒回去一點。

斯蘭塔尼亞王國的王宮內，某一處室充滿沉重的氣氛。

「那就開始彙報吧。」

身為宰相的多明尼克．戈爾茨一臉凝重地如此說道。

一張左右各有八個座位的會議桌，坐著這個國家的軍務大臣、內務大臣等各大重臣，以及各騎士團的團長和宮廷魔導師團的師團長，最裡面的那端則坐著國王。

下一個開口的是軍務大臣約瑟夫．霍克。

他用低沉而有威嚴的嗓音說道：

「狀況仍舊不樂觀，雖然派了各騎士團輪番前往討伐，勉強控制住局面了，然而再這樣下去，在不遠的將來，魔物就會從森林中湧出。」

當一定濃度以上的瘴氣聚攏起來時，就會誕生出所謂的魔物，瘴氣愈濃，魔物則愈強。

瘴氣頗容易出現在生活周遭，孳生的原理至今仍未解開。

而且，瘴氣特別容易凝聚於森林和洞窟等人跡罕見的陰暗之處。

如果只是容易凝聚還不致於造成問題，但魔物會從瘴氣中誕生，並威脅到附近市井村鎮的人命安危。

不過，打倒魔物可以讓周遭的瘴氣變淡，因此只要持續打倒魔物，就能防止瘴氣的濃度升高。

平時透過各騎士團的討伐行動，便足以遏止市井村鎮周邊容易孳生瘴氣之處的魔物氾濫成災。

但是，這個國家每經過幾個世代，瘴氣變濃的速度便會遠快於打倒魔物的速度。

現在正是如此。

目前是提高各騎士團的出征次數來應對這種狀況。

然而，軍務大臣和騎士團長們一致認為，面對逐年遞增的瘴氣，出征的次數也隨之不斷增加，如此下去，最多只能再撐一兩年。

要是控制不住局面，那些沒有剿滅殆盡的魔物就會從瘴氣容易凝聚之處一湧而出，襲擊周邊的市井村鎮。

繼軍務大臣之後，內務大臣阿爾馮斯・福梅洱也開口道：

「各地貴族也陸續傳來報告，如今的狀況是愈來愈棘手了。」

王都周邊的森林等地是由各騎士團進行掃蕩，地方貴族的領地則是任命領地內的人員來解決魔物。

所謂領地內的人員並不是指農民百姓，而是待在各地的傭兵們。

傭兵各自組成一支支傭兵團，領主會委託這些傭兵團去討伐魔物，事成再給與報酬。

地方的治安就是這樣維持下來的，但這陣子以來，魔物的數量讓領主難以負擔酬謝金的支出，處境愈加艱辛。

畢竟傭兵們也是把性命賭在工作上。

即使是自己居住的地方，如果報酬過低的話，傭兵團還是不會接受委託。

要是傭兵團因為諸多理由而不願出動，或是光憑傭兵團尚不足以應付的話，通常王宮的騎士團會給予協助。

但是，現在光是掃蕩王都周邊就忙得不可開交了，實在沒有心力兼顧其他地區。

聽到軍務和內務兩位大臣的回答後，宰相的眉頭皺得更緊了，他接著向特務師團的師團長米歇爾．胡佛問道：

「聖女的搜索狀況怎麼樣？」

「……很遺憾，至今尚未有著落。」

胡佛的嗓音也相當低沉抑鬱。

只要來到瘴氣過濃的時期，國內必定會出現擔任「聖女」的少女。

「聖女」會使用強大的法術來驅除瘴氣，也能逐一殲滅魔物。

而且「聖女」現身後，便能鎮壓住四處瀰漫的瘴氣，讓王國平安熬過這個時期。

根據深遠悠長的歷史，這次「聖女」理應也會出現在某個地方，因此特務師團前往各地展開搜索。

原本預計能馬上找到「聖女」，卻事與願違。自從出動搜索後已經過了三年，可如今還是掌握不到下落。

眼看毀滅之日一步步逼近，特務師團也拚命搜遍了王國的各個角落。

每次只要沒找到，考慮到可能還沒出生的可能性，還是會一再回到相同的地方進行搜索。

儘管如此，依舊沒有「聖女」的著落。

一片沉重的靜默籠罩著室內。

「要不要仰仗傳說一回呢？」

宮廷魔導師團的師團長尤利‧德勒韋思低低吐出一句話。

寂靜的室內響起一句令人意外的低語，所有在座者的視線都集中到德勒韋思身上。

德勒韋思瞥了周遭一眼，慢條斯理地拿起放在眼前的文件。

「有一種儀式叫做『聖女召喚儀式』。」

「那是……沒記錯的話，是個很有名的故事，但那不是童話嗎？」

「不，確有其事，儀式的內容就記載於此。」

「你說什麼？」

「禁書庫的藏書中，有一本魔導書就是寫於儀式舉行當時，裡面有著相關紀錄。」

「內容的可信度高嗎？」

「不知道。雖然有記載方法，但流程相當複雜，也需要多名魔導師才能舉行儀式，成功與失敗的機率恐怕各占一半。」

「怎麼會……」

「但是，與其就這樣坐等魔物湧出的那天來臨，不如放手一試，方為上策。」

所謂的「聖女召喚儀式」是由於古代也曾陷入和現在相同的困境，無論瘴氣變得多濃，「聖女」都不曾現身，因此才構築出這個儀式。

當時的賢者們運用一切知識創造出儀式，將擔任「聖女」的少女從遠方召喚過來。

聽起來正是現在所需要的儀式，然而，這個儀式僅僅於創造出來的當時舉行過一次，至今仍處於沉眠的狀態。

因此，就算依照流程舉行儀式，也實在無法保證一定會成功。

本。

而且儀式需要用到許多種道具和多名魔導師的參與，光是舉行儀式就得耗費不小的成本。

若是在平常的話，舉行這個儀式相當不划算，但如今已瀕臨生死存亡的關頭，成本這些小事根本算不上問題。

始終默默聽著的國王這時開口了：

「舉行『聖女召喚儀式』，魔導師團即刻著手準備，其他人繼續執行任務。」

於是，斯蘭塔尼亞王國決定要舉行睽違數百年之久的「聖女召喚儀式」。

「聖女召喚儀式」成功了。

儀式確實從異世界召喚來少女。

然而卻發生了一個問題。

被召喚來的少女有兩人。

根據紀錄，無論是以往出現在國內的「聖女」，還是昔日被召喚過來的「聖女」，都只有一人而已。

被召喚過來的兩個人，究竟只有其中一個是「聖女」，還是兩個都是「聖女」，抑或是兩個都不是「聖女」？

宮廷魔導師團的團長應該是唯一有辦法做出判斷的人，但他因為「聖女召喚儀式」的反作用力，在完成儀式後馬上就昏倒過去了，現在仍舊沉睡不醒。

而且問題還繼續延燒了下去。

國家高層得知有兩名聖女候選人的時候，已經是舉行完「聖女召喚儀式」的隔日了。

當初是第一王子本人的強烈要求之下，儀式的統籌才交由他負責，而在儀式成功後，他立刻將此事稟報國王。

他的報告內容中只提到順利將「聖女」召喚過來一事，人數方面則隻字未提。

國家高層們原以為終於可以稍微安心了，結果才安心沒多久，到了隔天收到消息後，所有人全都抱頭苦惱不已。

至於那個消息，就是第一王子不知為何只和其中一名聖女候選人說話，把另一名聖女候選人丟在原地不聞不問。

而且，那名被第一王子視若無睹的聖女候選人對這種待遇感到相當憤怒，還打算離開城堡。

幸好當時在場的騎士們設法讓她打消主意，沒有馬上就離開城堡。但可想而知她對這個國家的印象已然跌落谷底。

「那小子到底都在幹些什麼啊……」

了。

國王當下的聲音聽起來很累，實際上這一折騰，大概也讓他的身心瞬間被疲憊感占據了。

◆

「聖女召喚儀式」結束後過了一個月。

太陽早已西沉，此時房間外面被一片黑暗籠罩。

位於王都的瓦爾德克伯爵家別館之中，有兩名男子正喝著葡萄酒享受愜意的時光。

一名是別館的主人瓦爾德克伯爵的次子──約翰．瓦爾德克，藥用植物研究所的所長。

另一名則是約翰從小一起長大的好朋友，霍克邊境伯爵的三子──艾爾柏特．霍克，王宮第三騎士團的團長。

他們兩人本來就經常會在瓦爾德克別館相聚對酌，不過最近艾爾柏特忙於討伐魔物，很難騰出時間。

上次在瓦爾德克別館見面已經是一個半月前的事情了。

「對了，我聽說研究所最近有新人加入。」

「嗯？哦……」

隔了一個半月沒見面，在互相交換近況的過程中，艾爾柏特便問起新加入研究所的研究員。

面對艾爾柏特狀似無意間提起的問題，約翰不禁露出一抹苦笑。

雖然艾爾柏特一副話家常的模樣，但約翰認為，他之所以會在百忙之中抽空拜訪瓦爾德克別館，為的應該就是這件事。

「人怎麼樣？」

「非常普通啊。」

「普通？」

「就是和其他研究員沒有差別。」

約翰的回話並未離題，但也沒回答到艾爾柏特想知道的部分。

即使心知肚明，他卻總是巧妙地避開問題的核心。

他一直都很喜歡用這種方式戲弄一本正經的艾爾柏特。

艾爾柏特也清楚這一點，所以聽到約翰的回答時露出了苦笑，同時以眼神催促他繼續說下去。

約翰見狀，便滿意地說出他想要的答案：

「目前看下來，她並沒有對王宮感到不滿，非常勤勉努力地在工作。」

「這樣啊。我聽說他們把她召喚來沒多久就把她惹怒了，氣勢還相當驚人的樣子，把當時應對的內務官嚇得臉色煞白地說聖女大人震怒了。」

「我也是這麼聽說的。好像因為這樣，平常那些愛擺架子的傢伙，這次倒是把姿態擺得很低。」

「有這樣的事？」

「是啊。」

舉行「聖女召喚儀式」當天。

由於艾爾柏特那一天離開王都去討伐魔物，所以只能透過口耳相傳了解儀式結束後發生的種種事情。

回來之後，他從形形色色的傳聞中，得知那位聖女候選人如今待在約翰擔任所長的藥用植物研究所。

他覺得與其打聽傳聞，不如直接問約翰關於聖女候選人的事情還比較快，於是就在繁忙之中抽出時間拜訪瓦爾德克別館。

約翰開始說明身為聖女候選人的聖之所以寄住在研究所的經過。

大概是兩個星期之前，突然出現了一名黑髮黑眼的女子，她天天都會來到這裡。

一開始都是裘德這名研究員在和她聊天。

不過，畢竟清一色男性的研究所來了一個對藥草很感興趣的女性，沒過多久，幾乎所有研究員都會和她聊天了。

約翰看到聖的髮色和眸色都是這個國家很少見的，心中便生出疑慮。

恰好幾天前，他經過王宮走廊時巧遇兄長，兩人站著聊了一會兒，他也因此得知舉行過「聖女召喚儀式」的事情。

被召喚來的女性共有兩人，一人褐髮黑眸，另一人黑髮黑眸。

約翰想起了這件事，便立刻聯絡兄長。

接著，就在他通知兄長有一個黑髮黑眸的女子經常造訪研究所的隔天，他的兄長火速召他入宮。

他入宮來到指定的房間，發現那裡除了兄長之外，還有一個位階很高的文官。

坐在會客沙發上了解事情後，他便知道那名經常造訪研究所的女性果然是被召喚來的其中一人，而且高官還向他提出請求，希望藥用植物研究所能夠幫忙照顧她。

為什麼一定要把她託給藥用植物研究所呢？

雖說是候選人，但以這個國家的現況而言，「聖女」是地位不亞於國王的重要人物。

不對，若論掌握著這個國家的命運這一點，或許比國王還要重要也說不定。

到底是出於什麼理由，要將可能是「聖女」的她託給只占著王宮小小一角的研究所呢？

約翰指出這個問題後，高官便一邊用手帕擦拭額上冒出的汗，一邊支支吾吾地解釋給他聽。

召喚成功後，第一王子的行為讓聖對這個國家的印象跌落谷底。

實際上，在第一王子離開後，她也打算要離開。

而且還不是離開房間，而是要離開這個國家。

當時在場的人員設法讓她打消念頭，並帶她到另一個房間，然後在高官拚命地說服之下，總算是像現在這樣把她留在王宮裡了。

過去從來沒有同時出現兩位「聖女」的先例，也不曾透過「聖女召喚儀式」召喚出兩名以上的「聖女」，所以到目前為止，王宮內的主流意見為只有其中一人才是「聖女」。

然而，僅僅只是沒有先例而已，她們兩人也可能都是「聖女」，要是任其離開會有危險，因此以王宮的立場而言是希望兩個人都能留下來。

在這種情況下，聖看樣子似乎相當喜歡王宮的藥草園，這陣子每天都會跑到那裡去。

高官打算藉此機會讓聖和研究員們多多交流增進友誼，盡可能扭轉她對這個國家的壞印象。

「簡單來說，就是要我們幫凱爾殿下擦屁股這樣。」

「本來的計畫應該是要幫她找一個老師，讓她學習這個國家的事物才對。對了，由凱爾殿下照顧的那位聖女候選人，聽說會安排進入王立學園就讀。」

「畢竟把人家惹怒在先，大概是出於討好的目的，才暫時隨她想做什麼就做什麼吧。」

「我想也是，但現在可不是能耐心慢慢來的時候啊……是說依你的個性，應該也把內務他們刁難了一番吧。」

「那還用說。」

約翰賊賊地笑了一下，然後舉了舉手上的玻璃杯。

從高官身上了解事情後，他身為一名貴族，可以明白王宮的想法。而且看著經常到訪研究所的聖，他也覺得代為照顧她完全不是問題。

不過，高官那種意圖把事情全部推給他們的態度，讓他看了不太順眼。

於是，他就故意擺出為難的表情，找各式各樣的理由想推託掉。

比如說，就算她白天來研究所，王宮和研究所之間隔了那麼遠的距離，每天來回不是很辛苦嗎？

現在有幾名研究員出於這個原因而住在研究所裡，要是她也表示想住在研究所該怎麼辦呢？

假設她真的這麼說了，但讓她住在這種骯髒凌亂的地方難道不會是一個問題嗎？

就算現在要改建研究所的房間，憑王宮發給研究所的經費根本不夠用。約翰就這樣提出了諸如此類的問題。
他另外還舉出很多不同的理由來推託，而到了最後，他的期望全都實現了。
在爭取聖女候選人相關的萬全支援措施之中，約翰還若無其事地說服高官答應實行攸關整體研究所的環境改善計畫。坐在一旁的約翰兄長看著他大展長才的模樣，表情都僵住了，但約翰則當作沒看到。
到了後來，實際上是以聖入住的房間為最優先的改建目標，雖然是史無前例地只有短短一個星期的時間，但還是在她搬過來之前完工了。
「不過還挺奇怪的，明明那麼努力要討好聖女候選人，卻聽說內務那些傢伙把她丟在房間不聞不問的。」
「不聞不問？」
「其他研究員說她曾經這樣抱怨過，說是把人召喚過來並給了房間倒是沒什麼問題，但之後就完全不聞不問，所以她才會無事可做。」
「怎麼會？我聽到的可不是這樣。」
聽到艾爾柏特這麼說，約翰挑起了一邊的眉。
艾爾柏特在王宮聽到的，是聖女候選人被召喚過來後就病倒了，一直臥床不起。
實際上，日本和斯蘭塔尼亞王國有時差，把人召喚過來的當下，日本那邊是深夜，斯蘭塔尼亞王國這邊還是早上。

聖是下班回家後就被召喚過來的，本來就很累了，因此被帶到要留宿的房間後，她很快就躺在沙發上睡著了，看起來跟暈倒沒兩樣。

更火上加油的是，她的外表還會引起不好的誤解。

在每天繁重的工作之下，她的皮膚如同病人般蒼白，而且長年睡眠不足所導致的熊貓眼讓她的健康狀態看起來更差。

女官發現聖倒在沙發上睡得跟死人一樣，趕緊通報高官，而高官一來，看到聖完全不同於兩三個小時前那副怒氣沖沖的模樣，也慌張地以為是召喚的影響讓她生病了。

他急忙傳宮廷醫師過來為沉睡的她進行診察，結果醫師表示她身上並沒有什麼特別的病兆，只是太過疲勞了。

高官聽了之後，為了聖的健康著想，便決定要讓她好好休養一段時間，而這就是一切事情的來龍去脈。

此外，在一連串騷動的影響下，有兩名聖女候選人的事情在晚了一天後，終於讓國王知道了。

之所以晚了一天，也是因為必須向國王報告這次的疏失，因此高官不能否認內心有那麼一點小小的掙扎。

「原來是這樣啊，她剛來研究所的時候，臉色確實滿差的。」
「現在如何了？」
「現在啊？這個嘛……已經好很多了。」
聽完艾爾柏特的敘述後，約翰想起聖剛來研究所的那陣子，正如同艾爾柏特所說，那副模樣也難怪很容易讓人以為她身體不舒服。
從那之後過了一陣子，現在的她可能是因為都窩在研究所的緣故，曬不到太陽，所以肌膚還是很白，不過黑眼圈已經淡掉許多，不致乍看一眼就以為她身體不舒服。
「這樣啊……那她有好好吃飯嗎？」
「吃飯？怎麼覺得你很像她的爸爸？」
「……少囉嗦。聽說最近凱爾殿下那邊的候選人都不怎麼吃飯，已經變成一個問題了。」
「哦？」
「聽說主廚也費盡心思使出了渾身解數，但她還是吃得很少，讓殿下很擔心她總有一天會病倒。」
「我們這邊的候選人也確實吃得很少。」
「難道她們的國家普遍都吃得很少嗎？」

「不知道，我下次問問看好了。」

對於從日本被召喚過來的兩人而言，斯蘭塔尼亞王國的調味太單調了。使用的調味料也很少，餐點幾乎都是食材原原本本的味道，實在不合她們的胃口。她們兩人只是因為這樣才吃得比較少，但第一王子很擔心另一名聖女候選人愛良，所以一直向周遭下達大大小小的命令。

不過也沒什麼用就是了。

「凱爾殿下這次還真是熱心積極啊。」

「嗯，畢竟有很多原因……」

艾爾柏特沒有明指是哪些原因，不過約翰也猜想得到。

斯蘭塔尼亞王國有三個王子。

這個國家代代都是由長子繼任王位，因此目前將第一王子立為王太子。

然而第二王子優秀超群，最近漸漸出現擁立第二王子為王太子的派系。

不過，因為第二王子無意為王，國王也駁回此事，並沒有造成多大的問題，只是第一王子很早就自知比不上弟弟，所以始終對那樣的派系耿耿於懷。

從他主動提出要負責統籌這次的「聖女召喚儀式」，就能知道他的目的在於向周遭的貴族證明自己的能力。

遺憾的是，打從惹怒聖的那一刻起，引發的效應恰恰與他的目的背道而馳，讓他的壓力更大了。

「現在還是殿下在主導『聖女』的相關事情嗎？」

「對，雖然陛下對殿下這次的不當行為也感到很頭痛，但要是這時候換其他人接手的話，就怕日後會徒生事端，所以還是先觀望一陣子再說。幸好你那邊的候選人沒有堅持要離開，陛下應該是希望殿下能扳回局面吧。」

「畢竟繼承權之爭會導致國家局勢混亂啊。」

瘴氣已是個問題，要是再爆發繼承權之爭的話，這個國家絕對會亂成一團。約翰預想到這樣的未來，不禁嘆了一口氣。

第一王子確實個性有點自以為是，行事風格略帶幾分率性，但他也是個重情重義的人，很多人對此相當讚賞。

況且還有第二王子和親信的支持，目前看來，第一王子的儲位還是坐得很穩。

儘管這次的問題讓貴族對他的評價下滑了些，但好在沒鑄成失去聖女候選人這種致命性的大錯，所以國王似乎認為事情還有轉圜的餘地。

「話說回來，竟然有兩位啊……儀式真的成功了嗎？依照歷史來看，『聖女』不是一人的話很奇怪吧？」

「儀式肯定是成功了，不會有錯。」
「你的根據是什麼？」
「雖然不太明顯，不過這陣子魔物誕生的速度逐漸變慢了。」
舉行完「聖女召喚儀式」之後，會在附近誕生的魔物有減少了一點，定期出征的騎士們都確實感覺到了這一點。
雖然已經誕生的魔物並沒有遭到消滅，但因為誕生速度漸漸變慢，所以能夠感覺到魔物的數量比以前還要少。
這樣的感覺讓騎士們堅信儀式是成功的，「聖女」絕對就在王宮裡。
當然，這件事也有通知高層們。
可以辨認「聖女」的宮廷魔導師團的師團長至今還昏迷不醒，因此她們二人哪一個是聖女，抑或兩個都是聖女，目前還不得而知，不過籠罩著王宮的一片愁雲慘霧總算是消散了。
「原來是這樣，希望你那邊也能稍微卸下些擔子。」
「但願如此吧，畢竟大家說實在也辛苦很久了。」
「下次的討伐地點是西邊的森林嗎？」
「不是，要先討伐東邊的魔物。西邊也解決後，就能休息好一陣子了，雖然比東邊和南邊棘手許多，但也不會出現多強的魔物，我們會平安無事地回來的。」

「嗯，雖然你是最不需要擔心的，不過還是小心點啊。」
「我會的。」
這時候，他們二人還不知道有些話是不能說得太早的。

第四幕　美容用品

自從被召喚來這裡之後，已經過了五個月。

「妳在做什麼啊？」

我在用藥草園採來的薰衣草做精油的時候，裘德就過來跟我說話了。

「這是藥水的材料？」

「不是，應該說是化妝水的材料吧。」

我想要的是製作精油時的副產物——純露。

來到這個世界之後，我就開始自己動手做美容用品了。

我從以前就對自製美容用品很有興趣，而且也很迫切需要。

這個世界當然也有美容用品，但大多數都是提供給貴族的，相當昂貴。

幸好這裡是藥用植物研究所。

自製美容用品所需要的器具和設備樣樣俱全，而且材料還任憑我使用。

「哦？可以用藥草做啊？」

「也可以用薔薇之類的花來做哦。」

還有一點是，這個世界雖然也有美容用品，但配方可沒像藥水那麼正常，很多都很怪異。

有的美容用品會讓人很想問：「把那個擦在臉上真的沒問題嗎？」甚至讓我覺得，與其擦那種美容用品，不如把藥水擦在臉上可能還比較好。

不過，藥水的用途是療傷，不像美容用品一樣具有保濕或美白的效果，所以當作化妝品來用有點怪怪的。

我試過一次，真的怪怪的。

「我記得妳上次也有做，當時妳也是用薰衣草嗎？」

「我有用薰衣草啊，但當時做的並不是化妝水。」

「原來如此，是效力不同的東西？」

「這個嘛，基本上效果是一樣的吧。」

「是哦，不過，感覺聖做的化妝品會具有很強的效力。」

聽到裘德這麼說，我便露出了苦笑。

我做的美容用品都具有強效。

因為突然一個靈光乍現，我就在攪拌的時候注入魔力，結果非常成功。

有無注入魔力所造成的效力可是有著天壤之別。

而且製藥技能似乎會影響到美容用品的製作，那個增強五成的魔咒也確實發揮出作用了。

我發現製藥技能會產生影響的當下，心中便想到這個可能性，就去請其他研究員製作一模一樣的美容用品。

結果如我所料，我製作的美容用品和其他人所做的會出現效力上的差異。

美容用品和製藥技能的關係好像從來沒有得到證實過，當發現這件事的時候，研究員們也很驚訝。

美容用品不同於藥水，有特定的使用族群，而且研究員都是對美容用品沒興趣的男性，所以也無從發現吧。

我將這件事連同增強五成的魔咒一併告訴所長後，他就一副「繼烹飪之後又來了啊」的模樣笑了我一番。

不過他的笑容感覺很累就是了。

「聖是來到研究所之後，才開始自己做美容用品嗎？」

「對啊。」

「果然是這樣。」

果然是這樣？
我歪頭不解，裘德則露出靦腆的笑容。
「妳來這裡之後，整個人漂亮很多呢。」
「咦？」
這個人……突然……講這是什麼話？
我不由得呆住了，但腦中清楚明白他說了什麼，所以我感到自己的臉慢慢地熱了起來。
這是第一次有男性跟我說這種話，實在太令人害羞了。
「你、你突然講這個幹嘛啊？」
「嗯？我只是說出自己的感覺而已啊。」
我急忙掩飾自己的窘態，不過裘德好像察覺到我在害羞，一臉理所當然地笑了笑。
的確，我在這個世界不用加班到深夜，也拜作息規律的生活所賜，長年掛在眼下的黑眼圈如今消失得無影無蹤，頭髮和肌膚也變得亮澤有彈性。
我在日本的時候，每天都工作到很晚，無暇將心思花在美容或打扮上，完全是個喪女。
不過，因為外表在來到這邊後發生了變化，我最近開始有點喜歡照鏡子。
塗在眼睛周圍的乳霜還讓我的視力恢復了，不需要再戴眼鏡。
然而，喪女就是喪女。

即使外表有所改變，內在到現在都還是喪女。

我整個不知道該怎麼應對現在這種狀況。

「好了，你別再捉弄我了。」

所以我只好這麼說道，不過裘德僅僅是略垂眉，回了一個略顯無奈的苦笑。

◆

早上起床後，刷牙洗臉，然後擦美容用品護理肌膚。

和在日本的時候一樣的例行事務。

自製的美容用品確實發揮出作用，我的外表應該已經變得相當健康了。

我從一起被召喚過來的東西裡找出小小的手拿鏡，看著鏡中的自己，確切感受到膚況有所改善，我便露出滿意的微笑。

儘管如此，我還是沒有化妝。

雖然做出了基礎保養用品，但我不知道彩妝品的作法，所以沒辦法做。

不過倒是沒什麼關係，我也不太喜歡在臉上塗塗抹抹的。

看了一會兒，覺得心滿意足後，我就去換衣服。

今天放假，我悠哉地東摸摸西摸摸之下，混掉了不少時間。

那麼，現在要幹嘛呢？

「『狀態資訊』。」

小鳥遊　聖	Lv.55／聖女
HP：4,867／4,867	
MP：6,067／6,067	
戰鬥技能：	
聖屬性魔法：Lv.∞	
生產技能：	
製藥	：Lv.30
烹飪	：Lv.8

總之先確認現在的狀態。

製藥和烹飪技能都升級了。

只要繼續做菜的話，烹飪技能還有很大的升級空間，但是製藥技能則不然，最近就算製作上級HP藥水也很難升級。

上級HP藥水再往上該做什麼好呢？

雖然研究所裡也有藥草和藥品的相關書籍，但沒有一本記載著比上級ＨＰ藥水的效力還強的藥水。

王宮的圖書室會不會有我想要找的書呢？

難得放假，結果還是把時間花在工作上，我還真是老樣子沉迷於工作，不過我也沒有其他想做的事情。

雖然也可以進城買東西，可是我沒有離開過王宮，很難說去就去。

要是有人陪我就另當別論了……

不過算了。

今天就窩在王宮的圖書室讀書吧。

「咦？聖妳要出去啊？」

我從三樓的房間走到一樓之後，裘德就朝我出聲了。

裘德今天沒有放假，還是要工作。

他好像剛從倉庫搬出藥草，正要進研究所的樣子，雙手抱著的箱子裡裝了滿滿的藥草。

「嗯，我打算去王宮的圖書室。」

「這樣啊，妳今天放假吧？」

「對啊。」

「路上小心。」

「那我出門了。」

在裘德的目送之下，我離開研究所向王宮走去。

雖然要花三十分鐘，但剛好可以運動一下。

我平常都窩在研究所裡，很缺乏運動量，所以必須偶爾像這樣出來走一走。

不過，很麻煩就是了……

走了一陣子後抵達王宮，我便往裡面走去。

我因為工作的關係，已經去過好幾次圖書室了，早把路記得滾瓜爛熟。

沿途欣賞裝飾於王宮走廊的壺器和繪畫，總是會在不知不覺間抵達圖書室。

王宮真不愧是王宮，那些擺設物應該全都是頂級品。

壺器上描繪著細緻的圖樣，繪畫則是優美的風景，光是用看的就很賞心悅目。

在原本的世界也有改建自宮殿的美術館，所以我的心情就像是在逛美術館一樣。

抵達圖書室後，我打開入口的門走進裡面，可能是因為這個舉動造成了空氣的流動，我可以從窗外照射進來的光線中看見飛揚的塵埃。

為了保護藏書，裡面的窗戶很少，有點昏暗。

我藉著些微的光線看著擺放在書架上的書本，尋找想要的書。

拿了幾本後，我走到一旁的桌邊坐下，然後翻開了書。

書上的文字當然不是日文，不過可能是受到召喚的影響，我看得懂書上的內容。

我腦中解讀到的是日文，感覺非常不可思議。

不知道過了多久，我在座位和書架之間來回幾趟之後，入口的門就吱嘎一聲被打開了。

在王宮工作的人都可以使用這間圖書室，所以有人來並不奇怪。

我抬起視線，想說應該是平常那些文官們，結果走進來的是一名身穿華美的禮服、令人眼睛為之一亮的美少女。

她的一頭金髮挽成漂亮的公主頭，還有一雙眼梢微微上揚的藍眸。

不管怎麼看都是貴族千金。

而且肯定還是地位顯赫的名門。

王宮裡有貴族千金很正常，不過我好像是第一次在圖書室遇到。

因為想要一飽眼福，我就一直盯著她猛瞧，結果她也注意到我了。

出於日本人的習性，我不由自主地向她點了點頭，她則回我一個美麗的微笑。

再繼續看下去就太沒禮貌了，於是我就此打住，把視線移回書上。

過了不久後，一本書在我對面的座位放下了。

我抬起頭，發現是剛才的貴族千金，這次她沒有看我，自己翻書閱讀了起來。

明明還有其他座位，我有點疑惑她為什麼要選這裡，不過我也沒放在心上，繼續讀我的書。

把手上的書都看完後，正好響起代表三點的鐘聲。

我發現我在圖書室待了很久。

心想差不多該回去了，我便站起身來，結果貴族千金就朝我說了聲：「不好意思。」

「是？」

「妳手上那本書……」

看來我手上其中一本打算放回去的書，是貴族千金想要看的。

由於我已經看完了，便把書遞給她。而她看到我手上的其他本書後，露出了驚訝的表情。

「妳看的書很難呢，是研究所的人嗎？」

「是的。」

「真令人佩服，這本書是以古語寫成的，我也看得很吃力。」

我是在某種能力的影響之下，得以不受語言拘束順利讀懂內容，因此完全沒發現手上的書是以古語寫成的。

就算說很難，我也沒什麼實際的感覺，只能客套地笑著帶過。

「恕我冒昧問一下，請問您也對藥草感興趣嗎？」

「是的。」

我用非常過度的敬語問了之後，她也露出客套的微笑。

唔，不該用敬語嗎？還是說不該問這個問題呢？

雖然我判斷不出來，不過再繼續打擾人家好像也不太好，便決定適當地結束對話。

「如果您有興趣的話，不妨來藥用植物研究所看看吧，藥草園也有實際栽培的藥草。我叫做聖，是那邊的研究員。」

「謝謝。忘了先自我介紹，我的名字是伊莉莎白·艾斯里。」

「那麼，我差不多該回研究所了。」

「再見，請保重。」

我將書放回書架上，一走出圖書室，就感覺到一股熱氣撲面而來。

已經完全邁入夏天了啊。

圖書室似乎有透過某種方法來調整溫度，裡面的氣溫比走廊還要低。

我一邊用手在胸前快速搧著，一邊往研究所走去，這時背後傳來奔馳的馬蹄聲。

我回頭一看，發現馬群朝我這邊奔了過來。

坐在馬背上的看起來是騎士，不過騎在最前頭的似乎是我認識的人。

「聖！」

「啊，您好。」

領頭的是第三騎士團的團長。這樣看來，他後面的應該就是第三騎士團的騎士們吧？有幾個人的長相我有印象，看來就是這樣沒錯。

「妳正要回研究所嗎？」

「是的。」

「不介意的話，我送妳回去吧。」

「謝謝您的好意，可是我從來沒有騎過馬……」

距離研究所還有一大段路要走。

雖然我很感謝他的好意，但我真的不知道該怎麼騎馬才好。

我為難地抬頭看他，結果他就朝我伸出手，說：「抓住我的手。」

我忐忑地抓住團長的手後，瞬間就被拉上了馬，坐在團長的前面。

不管對象再怎麼瘦，直接把一個女性拉上馬未免太驚人了，臂力到底有多強啊？騎士的力氣都這麼大嗎？

「那就出發吧。」

我還在驚訝不已，卻見團長拉動韁繩，慢慢地策馬前進。

坐在馬上的視野很高，讓我有點害怕。
我提心吊膽地抓住馬鞍後，聽到耳邊傳來一聲輕笑，接著手臂就從身後繞到了我的腰上。
「別怕，我會好好支撐著妳。」
「抱、抱歉。」
這種緊貼的程度是怎麼回事？
我大概還是第一次從背上感受到其他人的體溫。
對於沒有男友的時間＝年齡的喪女來說，這種緊貼的程度實在太煎熬了。
儘管是出於不可抗力之因素，但一想到簡直就像是被人家從後面緊緊抱住似的，我就羞到耳根都熱了起來。
「妳去王宮做什麼呢？」
「呃，因為我今天放假，就決定去圖書室看書。」
「原來妳放假啊，那妳看了什麼書？」
「是關於藥草的書，我有事情想查一下……」
當我獨自心頭小鹿亂撞的時候，團長就跟我搭話了。
他每說一句，聲音的震動都會傳到我的背上。

雖然我在內心瘋狂滾動尖叫，不過隨著回答他的問題，我總算慢慢冷靜了下來。

「放假還在查藥草的事情？那不是工作嗎？」

「唔，藥草也是我的興趣呀。」

老實回答後，他便對於我連放假都在工作一事感到傻眼，但我堅稱那是興趣。

「妳沒有其他興趣嗎？」

「這個嘛……」

聽到他的問題，我陷入一陣苦思，但還是想不到其他稱得上興趣的事物。

畢竟我一直都在工作，並沒有培養其他興趣。

我們就這樣閒聊著，然後來到了分別通往騎士隊的隊舍和研究所的岔路。

團長跟後面的騎士們說要送我回研究所，於是就和他們在岔路分道揚鑣了。

我告訴他其實送到這裡就可以了，但他認為這趟路沒有多長，想將我送達目的地，結果還是讓他送我到研究所了。

◆

「聖，這邊我不太懂，妳可以教我嗎？」

「我看看，這邊的意思是……」

我和之前在圖書室所遇到的伊莉莎白——我現在叫她莉姿——現在會一起討論書中的內容。

雖說是討論，倒也不會花到太長的時間，就只有我去圖書室查工作相關資料的這段時間，如果有巧遇到她便會順便討論一下。

而且都是莉姿閱讀外語或古語書籍時，遇到不懂的內容才會來找我討論。

她好像正在學習那些語言，所以會跟我確認一些比較艱澀難懂的部分，就像是在對答案一樣。

一開始還有問到文法等問題，可惜我完全不懂什麼文法。

頂多只看得懂內容而已。

「原來如此，是這樣的內容呀，謝謝妳。」

「不用謝啦。」

「真抱歉，一直打擾到妳工作。」

「哎呀，妳別在意，我也正好可以轉換一下心情。」

覺得我對貴族千金講話的口氣很不莊重？

我原本跟人家講話的時候都有確實用到敬語哦。

可是途中莉姿就跟我談起這件事。

她要我叫她「莉姿」，別再用「伊莉莎白小姐」這個稱呼，講話的口氣也跟平常一樣就好。

美麗的千金小姐都這麼拜託我了，我實在無法拒絕呀。

「聖的肌膚非常漂亮呢。」

我都是和她看同一本書來進行講解，所以彼此的臉龐靠得很近，但不知為何她突然這麼說道。

她是個如同陶瓷娃娃般的美少女，肌膚細緻到近距離之下也找不到毛細孔，給她這麼一誇獎，讓我不知道該怎麼回話才好，因為我本來就是個不習慣接受稱讚的人。

我歪著頭，很保守地回了句：「有嗎？」接著便見到她微笑地點頭肯定。

「到了這個季節，即使有注意防曬，還是會有不小心曬黑的時候。聖提過自己有時候會在藥草園工作，但是妳完全沒有曬黑，而且還有愈來愈白皙剔透的跡象。」

「是這樣嗎？不過莉姿妳看起來完全不像是有曬黑呀？」

「我當然有在注意防曬囉，每天也一定會做好保養，然而還是不及聖的晶瑩剔透感。妳都是用哪家的美容用品呢？」

畢竟是女孩子，莉姿似乎也對美容很感興趣的樣子，感覺她聊到這個話題時，顯得特別起勁。

而且，可能因為她是貴族千金的緣故，講出口的話實在讓大人感到汗顏，換作在日本的話，很難想像一個國中生年紀的女孩子會說出這樣的內容。

我記得自己在莉姿這個年紀時，頂多只會擦防曬品而已吧。

這就是所謂的很有女人味嗎？

「美容用品都是我自己做的。」

「哇！」

我回答是自己做的，莉姿的雙眼便亮了起來。

貴族千金應該不可能自己動手做，所以才覺得很稀奇吧。

只不過，可能因為莉姿本來就有在學習藥草方面的知識，對於我使用了什麼材料，那個材料又具有什麼樣的效果，她都問得相當深入。

好像比詢問書本內容的時候還要起勁。

話題告一段落後，當我正覺得莉姿果然也是女孩子的時候，她就說了一句出乎我意料的話：

「不過，聖之所以變漂亮，不只是美容用品的效果吧。」

「嗯？什麼意思？」

「難道不是因為妳最近墜入愛河的緣故嗎？」

什麼？

見我一臉驚訝，莉姿便舉起扇子掩嘴而笑。

等等！等等等等！為什麼會突然從天外飛來這個話題啊？

對我來說，談戀愛簡直就是遙不可及的一件事。

「我也是最近才略有耳聞，聽說霍克騎士團長經常和某位女性單獨待在一起。」

「霍克騎士團長？」

忽然聽到一個陌生的名字，我不禁歪起了頭。

看到我這副模樣，莉姿也詫異地收起扇子，蹙起了眉頭。

「聖不認識霍克大人嗎？」

提到騎士團長的話，我有印象的就只有第三騎士團的團長而已，不過他是叫做霍克嗎？

我一直都是稱作團長，所以不太確定他叫什麼名字。

所長也都叫他「艾爾」，姓氏是什麼我真不知道……

「妳說的霍克騎士團長，是指第三騎士團的團長嗎？」

「你們果然認識呀。」

「如果是第三騎士團的團長的話，他和我們所長交情很好，所以我知道他。」

看來是第三騎士團的團長沒錯。

不過，只說是和女性在一起的話，不是指我的可能性應該比較高吧。

我這麼想著，結果莉姿的下一句話就否定了我的想法。

「好像有人撞見霍克大人和女性共乘一匹馬的樣子……」

對不起，我還是先自首好了。

這陣子，只要我從圖書館回去的路上遇到團長，他每次都會送我回研究所。

正如同別人目擊到的一樣，我們是共乘一匹馬。

共乘這種行為真的讓我覺得非常害臊，所以我第二次就想拒絕了，結果他露出極為難過的神情，害我不忍心拒絕他。

而且，雖然一開始的幾次都是直接送我回研究所，但他最近都會稍微繞個遠路，說是要帶我參觀王宮，我想大概就是那時候被人撞見的。

「那應該是我吧。」

「我想的沒錯，果然就是聖。」

我坦白告訴莉姿後，她就一臉放心地笑了笑。

她的表情讓我有點在意，於是我忍不住問道：

「怎麼了嗎？」

「咦？」

「呃，我看妳好像鬆了口氣，所以就在想，如果不是我的話，事情會不太妙嗎？」

我說完，莉姿那張美麗的臉龐就苦惱地皺起眉，彷彿在說：「真傷腦筋。」

看來是不應該深入追問的事情嗎？

我正要告訴她不想講也沒關係的時候，卻見她輕輕嘆了口氣，總算啟齒道出原因：

「聽到謠言的當下，我便很肯定和團長在一起的就是聖。但是我就讀的學園中，大家都在傳是另一位女性。」

「另一位女性？」

「是的。」

聽莉姿說，大家都在傳和團長在一起的女性可能是她的同學。

如果是莉姿的同學，那恐怕是十五歲左右吧？

沒記錯的話，學園那邊通常十五歲就是最高年級的學生了。

哇，十五歲女學生和團長……總覺得有股犯罪的氣息啊。

這樣的年齡差距在這個世界是沒問題的嗎？

「妳的同學和團長之間應該有很大的年齡差距，問題是出在這裡嗎？」

「不是，雖然很少見，不過並不會造成問題。」

我好奇之下，不由得便問出口了，結果年齡差距並不是問題。
既然如此，到底問題出在哪裡呢？
當我在沉思的時候，莉姿就略顯遲疑地開口說道：
「其實，是同學那邊有一點問題。」
「問題？」
「那位同學在學園和其他有未婚妻的男士們走得相當近，現在引起了一點風波。」
未婚妻！
由於這個詞彙以往很少出現，在我耳中聽起來相當陌生，不過，和有婚約的人傳緋聞確實不太好。
是說，在學園就讀的貴族子弟都這麼早就有婚約了啊。
這邊十五歲算成年，只要成年就能結婚，這樣一想好像也不算太早。
不過，這件事讓我有點在意。
「噯，霍克大人也有未婚妻嗎？」
「霍克大人？應該沒有哦。」
「這樣啊，照剛才話題的走向，我還以為他一定有未婚妻了呢。」
「要是霍克大人有未婚妻的話，就算共乘的對象是聖也不行呀。」

「說得也是。」

「嘻嘻嘻，我想霍克大人是個明事理之人，應該不用擔心。」

有那麼一瞬間我心中陡然一驚，以為團長也有未婚妻。但得知他沒有後，我便鬆了口氣。

畢竟在這個世界和有婚約的人傳緋聞也會引發問題啊。

話說回來，就算團長沒有婚約，但周遭的人都以為他正在和我交往，這對他來說應該才是個問題吧。

因為團長和我不同，想要什麼對象應該都任他挑選。

他之所以總是送我回研究所，也純粹是出於一片好心吧。

要是這個謠言阻撓了團長談戀愛的機會，那我就太對不起他了。

為了團長著想，我這時候必須堅定地否認才行。

「什麼擔心都是多餘的，我和霍克大人本來就不是那樣的關係。」

「咦？是這樣嗎？」

「是啊，不談這個了，我們言歸正傳吧。」

「說得也是。剛才說到學園的大家都以為她連那位冰霜騎士都搭上了……」

「冰霜騎士？」

「哦，就是霍克大人喲。」

聽說因為團長會使用冰屬性的魔法，再加上鮮少表露出情緒，總是冷著一張臉，所以大家都稱他為「冰霜騎士」。

冷著一張臉？

我怎麼記得他總是笑吟吟的模樣呢……

「霍克大人也是相當受歡迎的人物，所以大家都相傳那位同學又找到了一個護花使者。」

「也就是說，她在學園走得很近的那些男士們，全都是很受歡迎的人囉？」

「沒錯。」

莉姿一隻手抵住臉頰，吁出一口氣，看起來鬱鬱寡歡。

簡單來說，那個同學在學園搭到不少相當受歡迎的男生，被他們捧在手心上寵著，結果現在遭誤傳連名聲遠播的團長都是她的裙下之臣，因此周遭的人都在議論紛紛。

不過，大家傳的對象是那個同學，並不是莉姿，為什麼莉姿看起來這麼憂慮呢？

「我看妳好像悶悶不樂的樣子。可是照剛才所說，問題是出在妳同學身上，應該跟妳沒有關係，所以妳在煩惱什麼呢？」

「這是因為，她身邊那些男士的未婚妻們來請我幫忙想想辦法，我實在不知道該如何是好。」

「用不著拜託莉姿吧，她們自己去講不就好了嗎？」

「好像已經警告過了，但事情完全沒有改善。」

「既然如此，讓莉姿去講不是更沒有用嗎？」

「是啊……」

莉姿垂下了眼眸，看到她悶悶不樂的模樣，讓我很想設法幫上她的忙。

但是，我從以前到現在完全是個戀愛絕緣體，所以想不到什麼有幫助的建議。

當我正在思考該怎麼辦的時候，莉姿就說道：

「前幾天，終究還是有一位同學缺席了。」

聽莉姿說，缺席的貴族千金的未婚夫，也是那個問題同學的護花使者之一。

那名貴族千金由於正值青春期的緣故，臉上痘痘很多，從以前就對自己的長相感到很煩惱。

她用盡了一切法子來改善痘痘問題，但仍舊治不好，整年都是滿臉痘痘的狀態，也沒辦法盡情打扮自己，因此和身邊的其他千金比起來，顯得比較樸素不起眼。

某一天，她不小心聽到自己的未婚夫在稱讚那個同學。

當時莉姿正好和她在一起，所以還記得他說了什麼內容，大致上就是稱讚那個同學的肌膚滑滑嫩嫩的，讓人很想摸摸看，而且天天都打扮得很可愛。嗯，總之都在稱讚她的外貌。

由於她們只是偶然經過，剛好聽到男生之間的對話內容，所以在被他們察覺之前，莉姿等人就速速離去了。

聽說那位貴族千金還沒有被未婚夫那樣稱讚過，便以為他其實對她的外貌很不滿意，只是沒有說出來而已，於是她就在悶悶不樂的情緒中病倒了。

付出努力卻仍舊治不好痘痘已經讓她的情緒很低落了，這件事又深深地打擊到她的心靈，才因此不堪負荷地倒下。

「要是至少能治好痘痘的話，或許多少可以讓她振作起來也說不定……」

「這個嘛……」

聽到莉姿這麼說，我便稍微想了一下。

雖然我沒辦法提供戀愛方面的建議，不過痘痘的治療方法倒是沒問題。

「我應該可以幫忙治療她的痘痘。」

「真的嗎？」

莉姿聽了，頓時展露出笑顏。

我微笑著點點頭，然後花了將近一個小時的時間，詳細地向莉姿講解以前在日本學到的治療痘痘的方法。

和莉姿道別後，我回到研究所把工作做完，便著手準備製作美容用品。
當然是要做給那位在煩惱痘痘問題的貴族千金用的。
我在準備美容用品的材料時，裘德剛好經過。
「妳又要做美容用品了嗎？」
他看到工作桌上的材料後，好像就發現那些並不是藥水的材料。
對於裘德的問題，我點了點頭回應：
「嗯，幫人做的。」
為了做美容用品，我還跟莉姿確認那位貴族千金以前用過哪些美容用品和治療方法，結果如我所料，都是一些用很匪夷所思的材料製成的美容用品，還有相當詭異的治療方法，我還以為自己聽到的是巫術。
以這個世界的基準而言，或許其中有幾個方法是正確的，但總之我要求在嘗試我的治療方法期間，不要再去碰那些美容用品和治療方法。
畢竟不知道什麼東西會產生什麼樣的影響。
我已經將洗臉方法、飲食內容和睡眠時間等生活上的注意事項告訴莉姿。不過為了慎重起見，我決定讓那位貴族千金使用我製作的美容用品。
我把可以對付痘痘的材料都放進玻璃容器中，然後用玻璃棒繞圈攪拌並注入魔力。

我一邊注入魔力，一邊還不忘祈禱著：「一定要治好痘痘，讓皮膚變漂亮吧。」

在製作自己的美容用品時，我並不會默念這種話。但這次是要給人家用的。

在我拚命地祈禱時，玻璃容器就冒出了一陣柔柔白光。

以前從來沒發生過這種事情，讓我覺得很不可思議，不過完成的美容用品並沒有什麼奇怪之處。

我撈了一點起來嘗試性地擦在手背上，結果並沒有刺激到皮膚的感覺。

為了以防萬一，我還是先進行貼膚測試，確定沒有問題後再交給莉姿吧。

這麼決定後，我便繼續做下一個美容用品了。

把美容用品交給莉姿後，過了兩個星期。

我去圖書室的時候，就看到莉姿興奮地正在等我。

「聖！那個美容用品真的很厲害呢！」

莉姿一開口的時候還顧慮到這裡是圖書室而壓低聲音，但還是抑制不住興奮地湊到我面前。

據說在我把美容用品交給莉姿的那天，她就馬上拿著美容用品去找那位貴族千金了。

然後，她把我說的治療方法告訴那位貴族千金，並且將美容用品交給她之後就回去了。

那位貴族千金原本已經放棄治療了，起初並沒什麼動力，但好像還是確實嘗試了我的治療方法和美容用品。

沒想到試完的隔天，效果就如實呈現出來了，貴族千金的家還掀起了一陣軒然大波。

那位貴族千金得到美容用品後過了一個星期，她前往學園上課，結果落差極大的治療前後的模樣，讓其他千金看到她的容貌也都是一片譁然。

「於是呢，又造成了另一個困擾。」

「困擾？」

雖說是困擾，莉姿的表情卻比以往平穩。

我偏著頭，請她告訴我原因。

聽完後我有點後悔。

那確實是個困擾。

「很多人都說，想要妳給她的那種美容用品……」

看到那位貴族千金的痘痘完全不見蹤影，肌膚細嫩又光滑，似乎因此點燃了其他千金的美容魂。

她們談論到美容用品的來處，一知道是莉姿拿給她的之後，眾人紛紛湧到莉姿身邊。

莉姿向大家表示那是私人做的美容用品，沒有把我供出去，但大家追問得很緊，讓她現在感到很困擾。

「我實在沒辦法做那麼多啊。」

「我也是這麼想的。」

數量當然不用說，我也不可能往後一直做美容用品給她們。

我請莉姿給我一點思考的時間，然後就回到了研究所。

不過，一個人苦思也想不出好點子。

這種時候最好是去找其他人商量。

沒錯，有煩惱就找所長解決。

「所以說，您有什麼好辦法嗎？」

「又來了，妳還真會突然給我找難題。」

所長苦笑著幫我想辦法，真是個大好人啊。

於是，我們一起思考後的結論，就是將美容用品的配方交給所長相熟的店家，請店家來販賣。

店家製作的美容用品雖然比不上我做的，但好像還是能發揮出一定的效果。

我將店家會販賣美容用品的事情告訴莉姿後，事情就從那些見識過效果的千金們一路傳到她們家人的耳中，結果開賣首日即售罄，變成超搶手的商品。

所長當然有和店家簽好合約，按照合約內容抽取數%銷售額給研究所，所以研究所的荷包又賺得飽飽的事情自然不在話下。

第五幕　王都

自從被召喚來這裡之後，已經過了六個月。

「打擾了。」

我敲了敲所長室的門，等他回應後，我便開門入內。

我推著一台推車，上面擺著一組茶具，還有盛裝著三明治和點心的盤子。

所長室裡，所長和團長正坐在會客沙發上等著我。

「看起來真好吃。」

看到擺在桌上的盤子，所長和團長都露出開心的笑容。

雖然我今天放假，但團長剛好有事情來找所長，所以我一聽說團長要來藥用植物研究所之後，便簡單準備了幾樣茶點。

大概就是下午茶的感覺。

由於研究所沒有三層架，我只能用一般盤子盛裝，不過如果換作是王宮的茶會，聽說就會將茶點盛裝在昂貴的高腳盤上。

這是莉姿告訴我的。

我將紅茶倒進茶杯裡，接著把茶杯放到所長和團長面前，最後拿著我自己的茶杯在所長旁邊坐下。

坐在團長旁邊會讓我緊張到不行好嗎！

團長的表情好像有點落寞，但還是暫且當作沒看到吧。

「真抱歉，妳都放假了，還這樣麻煩妳。」

「不會，這是我自己想做的，您不用放在心上。」

團長一臉歉意地向我道歉了，但我希望他別那麼在意。

反正我放假時做的事情都跟平常一樣。

而且團長今天帶了點心過來，我還滿高興能像這樣辦個茶會。

是說，這個色彩繽紛的點心非常漂亮。

應該是用水果做成的點心吧。

上面撒滿了砂糖，看起來非常甜，不過我來這邊之後幾乎沒吃過甜食，所以內心有一點小雀躍。

所長和團長已經商量完要事了，我們就一邊吃著茶點一邊閒聊。

「話說回來，妳真的老是在工作耶。」

「有嗎？」

「妳放假都不會出去玩，總是待在研究所忙東忙西不是嗎？」

「因為我住在這裡嘛，放假的時候也想做做家事啊。」

我還是和在日本的時候一樣，把假日用來做家事。

像是洗衣服或打掃房間等等，我通常都會留到放假的時候一次解決。

話雖如此，上午就能做完了。

因為洗衣服這種最花時間的家事，平常都是交由雜務人員幫忙做。

聽說寄宿在研究所的研究員幾乎都出身貴族，大家從來沒有自己洗過衣服。

所以才會僱用雜務人員來幫這些研究員做洗衣掃地等家事。

但我不在房間的時候不喜歡有其他人進去，所以都是我自己在打掃。

大部分的人似乎連房間也交給人家打掃了。

不過，要是不請人掃的話，肯定會造就出一片腐海（註：電影「風之谷」裡的菌類森林）。

「除了做家事以外，妳要不是在研究，不然就是去圖書室吧？那不是跟在工作沒兩樣了嗎？」

「可是跟我在日本的時候比起來，真的不算久了。」

所長和團長在王宮都具有一定的身分地位，所以他們知道我是因為「聖女召喚儀式」而被召喚到這裡的。

可能是考慮到我的感受吧，他們不太會問起我在日本的生活，但是一有機會我就會主動告訴他們。

因此，他們知道我以前住的國家叫做「日本」。

「我以前可是每天都從朝三鐘工作到深夜鐘哦。」

「嗄？」

所長難得發出一聲怪叫，一雙眼還睜得又圓又大的。

團長雖然沒有驚呼出聲，但他拿起茶杯正要喝茶的動作當場定格，臉上同樣也是雙目圓睜。

他們會有這樣的反應好像也滿正常的。

朝三鐘指的是上午九點，深夜鐘則是指午夜十二點。

把通勤和準備出門的時間也算進來的話，我每天都過著早上六點起床、凌晨兩點睡覺的生活。

我的公司算是有週休二日的制度，六日休假，但是我每個星期六還是都要去上班……

星期日就真的有休假了，一方面想留在家裡做家事，而且也有體力上的問題。

這個世界的人基本上都過著「日出而作，日入而息」的生活。可能每個職業各有不同，但研究所的工作時間是以此為基準的。

我來這邊之後，每天都差不多從早上七點工作到下午五點左右而已。

而且有空閒的時候，還會和研究所或第三騎士團的人一起悠閒地喝茶。

就算如此也沒有被罵過。

或許其他人沒有像我這樣，不過現在的生活跟以前在日本的時候比起來，真的是輕鬆愜意許多。

所長他們把這種輕鬆愜意的生活視為一種理所當然，因此在他們眼中，我以前的工作時間不管怎麼看都是工作過度吧。

「呃……是出於工作因素，需要參加晚宴之類的嗎……」

「不用哦，我是平民啊。」

嗯，像所長和團長這樣的貴族，出席晚宴也是他們的工作之一。

日本可能也有在舉辦晚宴，但我又不是能參加那種名流集會的身分。

「怎樣的平民才會和我國宰相一樣忙啊？」

「我周遭的人也都是差不多的情形哦。」

「和文官們挺像的。」

「是這樣嗎？」

「哦，說起來的確是如此。」

就算到了這邊，在王宮工作的文官好像也非常忙碌。

不過文官多半都是貴族，很少平民就是了。

所長似乎理解了什麼之後，把手伸向了我的臉。

「等等，您在做什麼啊？」

「沒什麼，就是覺得妳跟剛來這裡的時候比起來，確實是變漂亮了呢。」

「啊？為什麼要突然說起這個？」

「因為我想到妳當初來到研究所的模樣，就跟內務他們忙起來的時候一模一樣啊。」

所長的手湊上我的臉頰，用拇指在眼睛下方輕輕摩娑著，並說：「黑眼圈已經完全消失了呢。」

我打從出生以來，從來沒有被家人以外的任何人做過這樣的事情，我的心臟怦怦跳得飛快。

我想，臉應該也紅了起來。

而所長對我的反應感到很有趣。

雖然所長看著我的表情沒有變化，但眼眸裡含著一絲愉悅，所以一定是這樣沒錯。

他好像發現我很不習慣這種肢體接觸，最近都會故意像這樣捉弄我。

唉，真是的。

我是很想逃離所長的魔掌，但現在坐的單人沙發的大小讓我很難挪動身體，沒辦法和所長隔開距離。

當我在內心狠狠咒罵著的時候，對面就傳來了一聲輕咳。

我一看過去，便發現團長臉色森寒地瞪著所長。

拜託再瞪用力一點，把他凍成一座冰雕吧。

所長似乎也察覺到團長的輕咳聲和瞪人的目光，收回了手。

「怎麼啦，艾爾也想摸看看嗎？」

「才不是！」

所長好像把目標轉移到團長身上了。

總而言之，我喝下一口紅茶，放心地鬆了口氣。

◆

好熱……

現在正值盛夏酷暑的季節。

這裡位於大陸之中，所以溼度並沒有日本那麼高。
但是，到了炎熱的季節還是很熱啊。
而且今天連風都沒有。
可以的話，我真想換上細肩帶背心和短褲。
當然還要打赤腳。
不過也不可能就是了。
要是在研究所穿成那樣的話，一定會有同事噴鼻血昏倒。
畢竟，就算現在是夏天，我現在還是穿著長袖襯衫搭配長至腳踝的長裙。
是說，細肩帶背心和短褲的布料面積比這邊的一般內衣還要小。
我很怕再這樣下去真的會中暑暈倒，所以有把袖子捲起來，不過還是很熱。
我正在寫準備要提交給所長的文件，可是實在太熱了，從剛剛開始就一直停在同一處。
既然已經影響到工作，那就不能再忍了。
「嗳，裘德。」
「什麼事？」
我走到裘德的座位，便看到他好像也受不了炎熱的天氣，襯衫的領口處大大敞開著。
這是怎樣？太不公平了吧。

我也想敞開領口啊。

既然如此，我就要不客氣地使喚他做事了。

「我有點事想請你幫忙，可不可以跟我來一下？」

「好啊。」

說完，我就帶著裘德一起往廚房走去。

走進廚房，現在早就過了午餐時間，廚師並不在。

我環視一圈，在牆邊的架子上找到了打掃用的水桶。

取下水桶放在地上後，我轉回身看向裘德。

裘德會使用水屬性的魔法。

我記得他以前好像有說過，可以用魔法在盆子裡變出水來。

「你可以在這個水桶裡變出冰水來嗎？」

「是可以啦，不過妳到底打算做什麼啊？」

「我想要把腳泡在裝有冰水的桶子裡，感覺會很涼快。」

「等等，這種事情……」

「很粗俗對吧？放心，現在這裡又沒有其他人在。」

在這個世界，女性似乎不可以讓異性看到自己打赤腳的模樣。

我前陣子去圖書室的時候，熱到拉起裙襬搧了幾下，結果莉姿看到就指責我。
莉姿明明也是女性啊。
我回她那句話之後，她就一臉燦笑地教訓我：「要是讓其他人撞見該怎麼辦呢？」
真的是嚇死人了。
在這樣的價值觀之下，裘德也難得紅著臉猶豫了起來。
「不然裘德也去拿個水桶過來泡泡腳吧？很舒服哦。」
我建議滿臉不情願的裘德也來做相同的事情。
就像是惡魔的耳語一樣。
「你不用顧慮那麼多啦，這個時間也沒有人會來廚房啊，再說我又不會泡很久，拜託你啦！」
「…………真是的……好吧，妳要小心別被其他人看到哦。」
「謝謝！」
裘德儘管很不情願，還是在水桶裡變出滿滿的水來，然後便離開了廚房。
他還趁機拿走了另一個水桶，看來是要去其他地方做一樣的事情。
不管怎麼說，大家同樣都覺得天氣很熱嘛。
廚房的地板是泥地，就算灑出了一點水也沒關係。

我把水桶放到椅子前面，然後在椅子上坐下。

接著，我將裙襬拉到膝蓋上，避免沾溼。

最後，我脫下鞋子和襪子，將雙腳放進水桶之中，感覺到冰冰涼涼的水包覆住了我的腳。

啊，真的好舒服。

反正沒有其他人在，我就解開兩顆襯衫釦子，拉開領口用力搧風。

雖然沒有風，但搧一搧還是滿涼快的。

我就這樣放空了一會兒，感覺到水桶裡的冰水漸漸變回常溫。

這時候，傳來門把「喀啦」的轉動聲，我背後的門被打開了。

「聖，妳在……」

我聽到聲音便回頭一看，結果發現是團長。

他看著我這邊，話都還沒說完就僵在了原地。

啊……也是。

我現在這副模樣，確實太過放浪形骸了一點。

真是尷尬死了。

總之我先扣上胸前的鈕釦，把腳從水桶裡伸出來，然後穿好鞋子站起身。

「您好，霍克大人，找我有什麼事嗎？」
於是，我若無其事地向團長打招呼了。
原本整個人僵住的團長，在聽到我的聲音後赫然回神，接著便用手捂住嘴巴，移開了視線。
而且就像之前一樣，臉頰染上一層淡淡紅暈。
「對不起。」他小聲地說道。
拜託你千萬不要覺得難為情。
我們就當作這件事沒有發生過吧。
我帶著這樣的想法輕咳了一聲之後，團長便窘著臉開口說道：
「我聽說妳明天休假。」
「說起來，的確是這樣沒錯。」
經他這麼一提，我才想起明天休假。
不過，我休假有什麼問題嗎？
想到這兒，我微微偏著頭，團長的視線則回到了我身上。
「我明天也休假，如果妳方便的話，要不要和我一起進城逛逛呢？」
「進城嗎？」

哇！終於可以進城了！

我到現在都還沒有進城逛過呢。

當我滿面喜色地回應後，團長似乎也恢復正常了，臉上露出了一抹笑容。

「約翰看到聖連放假都在工作，常常窩在研究所裡，他便一直很擔心。適時放鬆轉換心情也是很重要的，對吧？」

「原來是這樣啊。」

團長口中的約翰指的就是所長。

看來所長一直在擔心我。

的確，我沒有其他可以去的地方，再加上住在研究所的緣故，放假的時候也都待在這裡，所以通常忍不住就會跑去工作。

不過早上還是過得很悠哉就是了。

「謝謝您的邀約，請讓我跟您一起去吧。」

「好，那麼明天早上，我來這裡接妳。」

「可以嗎？」

「嗯，沒關係。」

太好了！

不知道城中是什麼樣的景象。

會不會其實就和歐洲的街景差不多呢？

我之前很想去一次歐洲看看，結果還沒去成，人就被召喚到這裡來了。

就這樣，有一段時間我整個人都很雀躍開心……

實在太期待進城了，導致我完全忘了一件事。

和我一起去的人，是完全沒有散發著寒氣的冰霜騎士。

王宮離城市中心稍微有一段距離，我們就在宮門前搭乘出租馬車出發。

團長似乎是考量到不要太引人注目，所以並沒有選擇邊境伯爵家的豪華馬車，而是一般的出租馬車。

他好像也配合我換上了一身感覺是城中平民會穿的服裝。

只不過到了現在，我反而覺得邊境伯爵家的馬車還比較好。

因為一般的出租馬車可是很窄的。

在這麼狹窄的空間內，和體格健壯的團長兩人獨處。

太近了！太近了啦！

全身閃耀著亮晶晶光彩的帥哥就坐在身旁啊！

而且還是零距離地緊貼著彼此……

在這個狹窄的密閉空間中，與帥哥展開親密的兩人旅遊……

我等級太低了，根本招架不住啊！

放過我吧！我的生命值已經歸零了啊！

「妳看，那邊就是約翰家的府邸。」

「哦……」

不管我腦中正在拚命尖叫，團長笑吟吟地指向我的另一邊。

喂，別靠過來！太近了，太近了啊！

我沒辦法面向團長那一邊，只好朝他指著的方向看過去，入眼的便是一幢美侖美奐的豪邸。

畢竟這裡是王都，地價想必也很驚人，但所長的家非常大。

他家其實是豪門嗎？

「真大耶。」

「是啊，約翰家是相當有權有勢的家族。」

原來是這樣啊。我一邊這麼想著，一邊轉回頭，結果看到團長的臉就近在眼前，嚇得心臟差點要停住了。

幸好團長看到我臉色一紅，立刻就退了開來，但不管怎麼做都沒用，這輛馬車裡面就是很窄。

在我心臟感受到極大的負擔之下，馬車繼續前進，逐漸來到了城中。

「哇———！」

太棒了！怎麼這麼可愛！

眼前的街景根本是小歐洲！

屋頂是紅色的，就和童話故事裡的一樣。

當我看到街景而感到興奮激動的時候，馬車就停下來，車門接著被打開。

團長先下了車，然後向我伸出手。

我握住他的手下了車，環顧周遭一圈後，發現這裡似乎距離中心很近，來來往往的人潮相當多。

我興奮地張望著四周，這時團長說：「那邊有市集，去看看吧。」然後就這樣牽著我的手往市集出發。

咦？手不放開嗎？

不會吧！

天啊———————！

◆

映入眼簾的景象，讓人忍不住想「哇——！」地歡呼起來。

市集裡有賣各式各樣的蔬菜、水果、肉和魚，其中還有類似菇類專賣店的店家。

除了食材以外，也有麵包店和其他小攤販，周遭飄著一股引人食指大動的香味。

這個國家的料理明明那副樣子，食材卻相當豐富，還有賣一些我沒看過的東西，真是有趣極了。

麵包店裡擺著形形色色的麵包，其中也有白麵包，只不過數量不多就是了。

白麵包小小顆的，價格也比其他麵包還要貴，應該算是一種嗜好品吧。

市集被稱為王都的廚房，放眼盡是一片興旺的景象，人潮洶湧，熱鬧不已。

對街而立的店家之間，隔著一條寬度可以容納八人並排走動的街道，但到處都是人擠人，實在很難走動。

走在人群之中，當我正到處瞧著感興趣的店家的時候，突然被一把摟住肩膀拉了過去。

我好像差點就撞上剛才迎面走來的人了。

「謝謝您。」

我用僵硬的笑臉向團長道謝後，他就回以微微一笑。
抵達市集後，我們還是牽著手走在路上。
市集擠滿了人潮，要是太專注看店家的話，很有可能會走失。
不過，以各方面來說，其實我是有想逃避現實一下啦。
但我應該也沒有因此疏忽大意才對，只是漫步閒逛之下，就差點撞上迎面走來的人了。
於是，團長便自然而然地放開我的手，取而代之的是摟住我的肩膀……
呵呵呵呵……
這算是什麼拷問？
神明在考驗我的心臟強度嗎？
躲開人之後，本來就該重新牽起手來嗎？
嗯，習慣真是可怕呢。
這樣的舉動重複了幾次。
我已經成長到不會臉紅了，只會用可能有點僵硬的笑容向團長道謝。
以我而言，這算是相當努力了。
只要別太專注看著店家就好？
要是不專注看著店家的話，我的注意力就會跑到其他事情上啊！

「沒事吧？」

「啊，是的，我沒事。」

「肚子會餓嗎？」

「這個啊……」

雖然距離中午還有一段時間，但大概是因為一大早就出門的緣故，我的肚子已經有點餓了。

而且四處逛逛之下也走了不少路，我已經走得有點累了。

團長看起來完全沒事，可是對不常出門的我來說稍微吃力了些。

市集裡有一些小吃攤販，我想到團長是一名貴族，心中便生出些許好奇。

他不會買路邊攤的東西來吃吧。

會不會是去附近的咖啡廳呢？

「我肚子有一點餓了。」

「那麼，既然難得來一趟，就買點攤販的東西來吃，順便休息一下吧。」

咦？團長是貴族沒錯吧？

我是很開心啦，但他吃路邊攤沒問題嗎？

團長帶著我走到攤販附近，那裡擺了些木箱。

他問我想吃什麼，我回答過後，他就把我留在那裡，自己去買食物了。
怎麼覺得他好像還滿熟練的？
等了一會兒後，團長就拿著幾支串燒和兩杯果實水回來了。
我接過一支串燒和一杯果實水後，團長也在我旁邊坐了下來。
「總覺得，您好像很習慣跟攤販買東西的樣子。」
「因為我以前很常和約翰一起來這裡。」
「原來是這樣啊！」
聽說所長和團長在年少時期經常來市集遊玩，真令人訝異。
這個國家的貴族平常也會來市集嗎？
我想到這一點，細問之下，才知道他們會打扮成小康商人家庭的子弟，私下造訪市集。
原來是微服出巡的概念。
「啊，對了，東西多少錢呢？」
「妳別在意。」
「咦？可是……謝謝您的招待。」
總覺得很不好意思，於是我說到最後變得很小聲。
誰教他一臉傷腦筋地苦笑著。

總之，下次再回送他什麼東西好了。
串燒雖然只用鹽調味過，但鹹淡適中，非常可口。
一串的分量不小，可是我三兩下就吃光光了。
我將一口果實水含在嘴裡，感覺到一股果實的香味蔓延開來。
正好喉嚨有點渴了，果實水也相當好喝。
如果有冰過的話，那就更完美了，可惜冰塊屬於奢侈品。
「怎麼了？」
可能是因為我一邊想著這種事情，一邊盯著果實水，團長就一臉不解地看著我。
「不，沒什麼。」
「是嗎？我以為不合妳的胃口……」
「沒有不合我胃口，我只是在想，冰的應該會更好喝。」
「唔嗯……」
這麼說完後，團長就拿走了我的果實水。
我疑惑地看著他，就見到他手上的果實水飄出了幾縷寒氣。
咦？他做了什麼？
他把果實水遞到我面前，我接過一看，發現裡面竟然有冰塊。

我驚訝地看向團長，他則用眼神示意我喝喝看。

於是，我含了一口果實水，果然冰的比較好喝沒錯。

我忍不住露出滿足的笑容，團長也微微一笑。

「很好喝耶。」

「這樣啊，太好了。」

「您做了什麼呢？」

「是魔法。」

「！」

這個世界連冰箱都沒有，想要冰塊的話，除了把冬天結凍的冰塊保存在冰窖裡，就只能使用魔法變出來了。

沒幾個人有辦法用魔法變出冰塊，也造成冰塊的價格非常昂貴。

我曾經聽過高階的水屬性魔法就是冰屬性魔法，使用這種魔法就能變出冰塊，這麼說來，團長確實會使用呢。

真沒想到可以親眼見識到他使用魔法的一幕。

「變得非常好喝，謝謝您的幫忙。」

「妳喜歡的話就好。」

冰的果實水相當好喝，我一下子就喝光了。
喝完後，我向團長道謝，他也笑著回應。
這樣一看之下，他實在不像是會被稱作面無表情的冰霜騎士。
他臉上總是帶著笑容，整個人還閃閃發亮的。
不對，閃閃發亮跟這個無關。
他今天一身平民裝扮，沒有穿平常的騎士服，但還是散發出不凡的風采，看起來實在不像是平民。
雖然我早上看到他的時候覺得滿像平民的，不過混在一群真正的平民當中之後，就看得出兩者之間仍舊有著差別。
是因為成長環境不同的緣故嗎？
他喝果實水的模樣也很賞心悅目。
如果裝作小康商人家庭的子弟感覺還騙得過去，但要裝作一般平民就太勉強了。
不知不覺就盯著他看了許久，結果他好像因此疑惑地偏著頭回看我。
我連忙搖了搖頭，嘴上稱沒事，然後移開了視線。
求你了，不要用那麼溫柔的眼神看我啊。
我整個人害羞到很想逃離現場。

吃完後，我們離開市集，一邊從外面觀賞路上的商店一邊散步。
商店裡陳列的商品大部分品質都很不錯，但價格也相對貴上許多，讓人對於踏進裡面感到有點卻步。
我們就這樣一直都只有看看而已，不過團長突然在某間商店前面停住了腳步。
「抱歉，可以進去這間店一下嗎？」
「好啊。」
今天都是在看我想看的東西，所以陪他看一下也無妨。
團長帶我進去的這間店，雖然穿著平民的服裝也不會顯得格格不入，但仍然算是比較高檔一點的飾品店。
店裡陳列著各式各樣的男女飾品。
團長獨自走進店家內側了，於是我就一個人在店裡隨意逛著。
我從擺在旁邊的髮夾和束髮繩開始看，盒子中的束髮繩依照顏色排列，呈現出如同彩虹般的夢幻漸層效果。
以前因為工作忙碌就一直任由頭髮變長，被召喚到這個世界後也沒有剪過，現在已經長到背脊中間了。
雖然有一點貴，但天氣這麼熱，我正好想要把頭髮綁起來，是不是該買個髮夾回去呢？

我在挑選的時候，於琳瑯滿目的髮夾之中，找到了一個非常喜歡的款式。

整體是用銀打造而成的，幾處鏤空的地方鑲嵌著藍色寶石，相當高雅。

這個看起來精緻易碎的髮夾雖然很美，卻也要價不菲，讓我有點猶豫要不要買下。

沒有鑲嵌寶石的髮夾可能會比較便宜一點吧。當我繼續尋找其他髮夾的時候，團長就回來了。

「讓妳久等了，有看到什麼喜歡的東西嗎？」

「沒有，沒關係。」

雖然很喜歡那個髮夾，不過稍微超出了我的預算，而且也不好讓團長等我，所以我決定今天先放棄，下次再來看看。

「那我們走吧。」

「好。」

於是，我跟隨著團長的腳步，離開這間商店。

我慢他一步踏出店外後，他就很理所當然地牽起了我的手。

悠閒地到處走走逛逛之下，時間也不早了，我們便去搭馬車回王宮。

我太久沒有逛街了，再加上精神因素的影響，讓我整個人很疲憊。

儘管馬車喀噠喀噠地一路顛簸著，我還是在不知不覺間睡著了。

直到耳邊傳來誰的呼喚聲，我慢慢睜開雙眼，才發現馬車早已停下。

我迷迷糊糊地抬頭看向旁邊的團長，他正朝我溫和地微笑著。

「到了嗎？」

「嗯，妳好像很累的樣子，睡了好一陣子。」

不會吧，難道我把團長當枕頭了嗎？

我就這樣盯著團長好幾秒，發現他的笑意更深了。

唉，看來我想得沒錯。

我真的把人家當作枕頭了。

不用想也知道，睡相肯定被看光光了。

我感到無地自容地紅著臉垂下頭，就聽到他忍不住輕笑出聲。

嗚……這大概是今天打擊最大的一件事吧。

團長和早上一樣先下了馬車，留我一人在裡面哀嘆。

但我也不可能永遠待在馬車裡，只好沮喪地走出馬車，落地的時候團長伸手扶了我一把。

我們從宮門走回研究所，路上聊著今天的市集和對店家的感想等等。

雖然發生了許多事情，但今天還是過得很開心。

聊東聊西之下抵達研究所前面後，我轉身面對團長鞠了一躬。
「謝謝您今天特地陪我進城。」
「妳太客氣了，我今天過得很開心。」
儘管被稱為冰霜騎士，團長今天一整天的心情真的都很好。
無論何時看到他，都是一副笑吟吟的模樣。
當然現在也是如此。
感覺我一直拉著他到處逛來逛去，他卻也沒有一絲怨言地陪著我。
其實團長根本是個親切的大好人吧。
「我也過得很開心，那麼我就回房了。」
「啊，聖，把這個收下吧。」
我正打算回房間的時候，團長叫住了我，然後遞出一個大約有一隻手那麼大的盒子。
那是什麼呢？
一直看著不拿也不太好意思，於是我先用雙手接過來了。
「這個是什麼呢？」
「喜歡的話就用用看吧，記得回房之後再打開。那我就先走了。」
「咦？等等，霍克大人！」

團長不聽我的叫喚，一派瀟灑地離開了。
雖然跑步去追的話可能追得上，但我今天已經很累了，實在沒那個力氣。
沒辦法了，回到房間後打開看看吧。
要是有問題的話，明天再還給他就好了。
我重整心情，回房打開盒子。
只見放在裡面的東西，是我在那間飾品店看中的鏤雕髮夾。

◆

「昨天玩得怎麼樣？」
我一走進所長室，所長劈頭就問了這句話。
他俊美的臉龐上浮現出一抹帶有調侃意味的笑容。
「很開心啊。」
我冷淡地回了一句，所長便回道：「那就好。」
他投向我的眼神似乎想詢問些什麼，但我裝作沒看到，把研究員集中交給我的文件放到他的桌上。

「這些是研究員們的報告書。」

「謝謝。」

我立刻轉身背對所長，結果不出所料，他向我出聲了。

「去哪裡了呢？」

「什麼去哪裡？」

「當然是在講昨天啊。」

什麼叫做「當然」啊？

我重新面向所長，就看到他的臉上果然正大大綻放著調侃的笑容。

雖然並不是什麼不能問的事情，但看他一副準備聽八卦的模樣，讓我有點火大。

於是，我也掛起調侃的笑容來對付他。

「所長是我爸爸嗎？」

「為什麼這麼說？」

「一一詢問假日去了什麼地方，就很像爸爸在擔心青春期的女兒呀。」

「喂喂，我可沒有女兒啊。」

所長應該也明白我在調侃他了，現在他臉上換成了苦笑。

「我們進城了，就只有這樣而已。」

「哦？」

「啊對了，我還有聽到一件事哦，所長以前很愛調皮搗蛋對不對？」

「慢著，妳到底聽到了什麼？」

「您說呢？」

我聽到的只有他們會跟攤販買東西來吃，但我故意放大誇飾了一番。

看他用僵硬的笑容追問詳情，應該還做了很多虧心事吧。

剛才被調侃而感到火大的心情頓時舒暢了不少。

「我們去了趟市集，在攤販那邊吃了飯，之後就沿路逛逛各式各樣的商店，在天色轉暗之前就回來了。」

「這樣啊，還真是健全呢。」

健全？

我們就很平常地進城逛街而已，和健全扯不上關係吧。

我這麼想著，結果所長就對我投下一枚炸彈。

「無論如何，約會開心就好。」

…………

約會？

這枚炸彈把我炸得恍神了一陣子，所長見狀便露出不解的神情。

「怎麼啦？」

「……這是約會？」

「嗯？」

「我們只是進城逛街而已。」

「妳不是和艾爾進城吃了飯，還去逛了商店嗎？」

「是啊。」

「那不就是約會嗎？」

聽他這麼一說，我又繼續一臉茫然地望著他，於是他再補上一記追擊。

「男女單獨約出門就叫做約會吧。」

請稍等一下。

約會？

不不不，約會的定義確定是這樣嗎？

回想之下，我也不記得自己有在假日和父親以外的男性出門過。

就算有的話，大概也只有和幾個同學出去採買文化祭等活動的用品。

咦？什麼？

難道昨天是我的第一次約會嗎？

一想到這兒，我的臉立刻滾燙了起來。

「也沒有吧，我只是請霍克大人陪我進城而已啊。」

「什麼陪妳……是艾爾主動邀妳出門的吧。」

「是沒錯啦。可是，霍克大人也只是剛好有空才邀我一起去的吧？」

「不管是有空還是其他什麼理由，他如果不喜歡妳的話，就不可能會約妳。」

「咦？」

「這種事有必要這麼驚訝嗎？」

「畢竟，他怎麼可能喜歡……喜歡……」

我愈說愈小聲，視線也跟著垂了下來。

因為怎麼想都不可能。

團長最好是會喜歡我這種喪女啦。

雖然他應該也沒有討厭我就是了……

我盯著自己的腳，腦中不斷地兜轉著這些念頭，直到所長靜靜地喊了聲我的名字。

「艾爾對妳很冷淡嗎？」

「沒有……每次下馬車的時候，他都會記得扶我……不過，對這個國家的貴族來說，這應該是很理所當然的禮儀吧？」

「嗯，是這樣沒錯。」

「對吧，走在路上他會牽住我的手，也有請我吃東西。」

「嗯？」

「回來的時候還有送我伴手禮呢。」

「伴手禮？」

「就是這個。」

我從裙子的口袋裡拿出盒子遞給所長。裡面是昨天收到的髮夾。

今天早上，我把團長昨天送我的髮夾重新拿出來一看，才發現上面鑲嵌的寶石和店裡的髮夾不一樣。

寶石是比藍色還要淺的灰藍色，看起來和團長的眸色是屬於同一種顏色，不由得讓我有點捨不得還回去。

雖然只要努力存錢的話，店裡陳列的東西也沒有貴到買不起的地步，但還是有一定的價位，我不好意思收下這麼昂貴的東西。

結果，在猶豫著要直接收下還是還給團長的時候，我下意識就把盒子放進裙子的口袋裡了。

所長拿到盒子後，打開來仔細一看，臉上閃過一絲驚訝，但隨即就恢復正常。接著，他蓋回蓋子，把盒子還給我。

「聖，在下馬車或走路的時候護送女性，確實是貴族之間的禮儀。」

「是。」

「不過，至少艾爾不可能會把飾品當作區區的伴手禮來送人。」

所長一臉認真地說道，剛才那種調侃的笑容全都消失了。

看到他的表情，我就知道團長並不是抱著順手送禮的心情送出這個髮夾的。

我注視著手中的盒子，意識到這個事實後，臉上的熱潮又滾燙了幾分。

「我真的可以收下這麼昂貴的禮物嗎？」

「妳不討厭的話，就收下人家的心意吧。」

喃喃說出這句話之後，所長就溫和一笑，這麼回應。

而我什麼也沒回答，只是點了點頭。

◆

「聖，別來無恙？」

隔天，我去圖書室歸還借回研究所閱讀的書，就在門前遇到莉姿了。

她好像也才剛來的樣子。

我很少在走廊撞見她。

我和她並沒有事先約好過，而且我來圖書室是為了查工作上的事情，導致我們各自來圖書室的時間點都不同。

所以，未必每次來圖書室都能遇到莉姿。

「哎呀，妳今天改變髮型了呢。」

「嗯，天氣很熱啊，我就把頭髮綁起來了。」

「原來是這樣啊，妳的髮夾真漂亮。」

「謝、謝謝。」

我把門嘎吱一聲打開，讓莉姿先進去。

她馬上就去找要看的書了。

我則是先把帶來的書交給司書員，再去找這次要借回去的書。

實在不得不佩服莉姿，我們才剛見到面，她立刻就發現我換了髮型。

才看了一眼就連髮夾都確認得清清楚楚，莉姿的時尚敏銳度真的很高。

這個髮夾是團長送我的，我總覺得有點害羞，不由得結結巴巴了起來。

「噯，聖，妳的髮夾真的很漂亮，我可以靠近一點看嗎？」

「可以呀……」

我站在放置藥草相關書籍的書架前，背後就響起莉姿的嗓音。

回頭一看，她的臉上正漾著甜美可人的笑容。

雖然我不介意給她看，可是解下來還要戴回去很麻煩，我便問她能不能就這樣戴著給她看，她則說沒問題。

由於不好意思站著給她看，我們走到有桌子的地方坐下後，莉姿就移到我背後。

她沒有伸手觸碰，只是靠得很近在觀察。

「做工真是精緻呢。」

「謝謝。」

「鑲嵌的寶石也是屬於上品。」

「是哦？」

「是的……噯，這個是人家送的禮物嗎？」

「咦？怎麼這麼問？」

「畢竟這個髮夾看起來很貴，不像是平常在使用的，所以我才覺得應該是別人送的禮物，莫非我猜錯了嗎？」

「沒有，妳猜對了。」
「是不是霍克大人送的呢？」
「為、為什麼妳會知道？」
「這還用說……沒有比這個更簡單明瞭的禮物了。」
莉姿猜到這是團長送的禮物，我大吃一驚地轉頭看她，就發現她正一臉傻眼地看著我。
咦？那是什麼表情？
為什麼要說這個禮物很簡單明瞭？
我問出口後，莉姿就嘆了口氣，對我豎起纖細柔美的食指。
「首先，最近有傳聞說『那位』霍克大人有了心上人。」
「呃！」
「至於心上人是誰，我當然認為就是妳。」
真的假的啊？
我可沒有聽過那種傳聞啊。
而且「那位」是什麼意思啊？為什麼要特地說「那位」？
莉姿接下來輕輕地伸起中指。
「再來，妳髮夾上的寶石和霍克大人的瞳色一模一樣。」

「妳看得真仔細啊……」

「這是當然的，寶石為這個髮夾帶來了畫龍點睛的效果。」

「不，我指的不是那個，而是霍克大人的瞳色。」

「霍克大人的瞳色是專屬於邊境伯爵家的特徵，這可是相當有名的。」

「原來是這樣啊。」

「差不多就是這兩點讓我猜到的吧。」

「不過，光憑寶石的顏色和霍克大人的瞳色相似，就能立刻產生聯想嗎？」

「嗯，沒有錯哦，畢竟霍克大人對聖有好感是眾所皆知的事情。」

「眾所皆知嗎？」

「而且，把呈現出個人色彩的東西送給心儀的女性，在我們國家是很普遍的現象。」

「個人色彩？」

「就是指髮色或瞳色，通常送的都是與瞳色相符的東西。」

「原來有這樣的傳統啊。」

我都不知道有這樣的事情。

所以說，團長對我……

不不不，先等一下。

我沒辦法再想下去了！

怎麼辦？我收下這樣的禮物真的沒問題嗎？

所長絕對知道有這種傳統吧。

為什麼當時不告訴我呢？

當我坐在椅子上抱頭苦惱不已的時候，耳邊就傳來莉姿的輕笑聲。

「聖也真是的，臉竟然變得這麼紅。」

「因……因為我不習慣應付這種事情啊！」

「哎呀，原來是這樣啊？」

唉，沒想到我竟然會跟小我將近十歲的莉姿討論戀愛這檔事。

我一抬起頭，就看到莉姿正用溫暖的眼神看著感到萬分羞愧的我。

唉，真的是太無地自容了！

第六幕　附魔

「附魔？」
「咦？妳都沒發現嗎？」
事情的開端是午後裘德對我說的一句話。
看來我的髮飾似乎具有附魔效果。
想當然爾，我在日本從來沒看過具有附魔效果的物品，自然不會察覺到。
「你知道是什麼樣的效果嗎？」
「我看不出來，就是憑感覺發現上面有附魔效果，而且也和聖的魔力產生反應了。」
「反應？這也看得出來嗎？」
「嗯，不過要經過一番訓練就是了。」
「原來如此啊。」
我詢問裘德詳細情形之後，才知道必須使用「鑑定」這種魔法才能知道附魔的效果。
會使用鑑定魔法的人非常稀少，一般市井裡只有在大商會才找得到人才，宮廷魔導師之中也僅數人而已。

順道一提，鑑定魔法的等級夠高的話，還可以用在人身上。

只不過若未得到對方的同意，魔法便有可能遭到彈回，特別是對方的等級比較高的情況下，幾乎是一定會遭到彈回。

接下來說說附魔。

聽說可以在武器、防具和飾品等道具上賦予魔法。

進行附魔的前提是道具必須要有寶石之類的東西來當作核，將魔法賦予核之後，道具就會擁有附魔效果。

當然也可以將已經附魔完畢的核鑲嵌進道具。

擁有附魔效果的道具會和人的魔力產生反應，進而發揮出效果。

因此，有在練習感知魔力的人就分辨得出道具是否具有附魔效果。

裘德就讀王立學園的時候曾經受過訓練，現在也為了幫忙家族事業而沒有中斷過訓練。

真是上進呢。

「總覺得很有趣耶。」

「什麼很有趣？」

「附魔啊。」

「咦？妳不會是想說妳也要試試看吧？」

「哎呀，你真懂我呢。」

袞德的表情看起來莫名抗拒，我就故意笑咪咪地看著他。

幹嘛露出那種臉啊？

附魔這種技術又不存在於日本，我當然會想體驗看看啊。

「附魔並不是說做就能做的事情。」

「是哦？」

「光是核的價位就不便宜了。」

雖然很多素材都可以拿來當作核，但幾乎都是些寶石、稀有礦石，這類體積小小卻要價不菲的東西。

而且必須會使用魔法才能進行附魔，導致擁有這項技術的人也很有限。

因此道具在經過附魔後，價格往往會連翻好幾倍變成天價。

聽好了，是天價哦。

然後呢，我的髮飾具有附魔效果。

……………

…………

……

「你們在聊什麼呀？」

當我正在沉思髮飾價值多少錢的時候，碰巧經過的所長就這麼問道。

「在說關於附魔的事情。」

「附魔？」

「裘德說我的髮飾有附魔效果，我就對附魔起了一點興趣。」

「是哦。」

儘管所長一臉鎮定的模樣，其實他一定老早就察覺到髮飾有附魔效果了吧。因為他聽到「我的髮飾」的時候，眼中出現了一絲波動。

不過，所長和莉姿都沒有提及價格的事情，會不會是以貴族的標準而言，這個髮飾還不算高價的物品呢？

雖然我不知道店裡的飾品有沒有附魔效果，但畢竟都說有的話會到天價的程度了，應該就是沒有附魔效果吧。

想到這裡，我已經嚇到不敢去探究我的髮飾價值多少錢了。

我該怎麼回禮才好呢……？

當我又要抱頭苦思的時候，所長就說出一個出人意表的提議。

「要不要試試看呢？」
「咦？」
「附魔啊，妳不是很有興趣嗎？」
聽到所長這麼提議，我和一旁的裘德都愣住了。
咦？附魔是說做就能做的事情嗎？
我望向身旁的裘德。而他好像看出我的疑問，朝我連連搖了搖頭。
「我自有辦法，要不要試試？」
「要！」
難得所長給了機會，我就直爽地答應了。
畢竟我真的很有興趣嘛。

於是，所長就把我帶到宮廷魔導師團的隊舍了。
呃，我們是來做附魔的對吧？
啊，是因為跟魔法有關嗎？
既然都叫做魔導師團了，周遭當然幾乎都是穿著長袍的人，我和所長身在其中倒有點像是異類。

說起來，我被召喚過來的時候，周遭的人們也是穿著這身長袍。
看來這裡的人應該都參加過儀式吧。
宮廷魔導師團的隊舍和研究所之間隔著相當遙遠的距離，所以我和所長是搭乘馬車過來的。
這裡絕對比第三騎士團的隊舍還要遠，要是用走的就太累人了。
至於裘德呢，所長命令他留在研究所裡。
所長說工作優先，不過我就沒關係嗎？
真是謎一般的標準。
「聖，過來。」
「好的。」
我站在房間門口打量著室內的模樣，先一步進去的所長就向我招了招手。
這個房間和研究所一樣設置著工作台，所長人在房間中央的工作台前面。
工作台的另一邊則站著一個身穿長袍的人，應該也是魔導師。
我對著面露些許緊張神色的魔導師鞠了一躬，說了聲：「麻煩您了。」結果他也趕緊向我鞠躬了。
奇怪，他好像很怕我的樣子耶。

「那麼，我開始說明附魔的相關事項。」

魔導師露出有點僵硬的笑容，開始為我講解附魔的作法。

為什麼要僵著一張臉呢？

算了，就算在意也沒有用。

我看到工作台的側邊擺著一個分成許多格子的盒子。

形形色色的小顆寶石和礦石依照種類放在不同的格子裡。

要進行附魔的時候，就將這個小小顆的核放在手中，腦中想著要賦予核什麼樣的效果，然後用魔力照射核。

進行附魔的人本身擁有的各屬性魔法，會影響到能賦予的附魔效果。比如說，使用火屬性魔法的人，就能賦予出現火的效果；擁有水屬性魔法的人，就能賦予出現水的效果。

至於提昇攻擊力或防禦力這類俗稱輔助型的效果，則必須擁有聖屬性魔法。

魔導師還告訴我：「輔助型的話，我推薦您使用這邊的素材。」似乎是不同的效果有各自適合搭配的素材。

「您打算賦予什麼樣的效果呢？」

「我想想……」

選什麼好呢？

輔助型……輔助型……

「屬性魔法無效化可以嗎？」

「魔法無效化啊……」

我想了想，腦海中突然閃過在西邊森林出沒的沙羅曼達。

聽說那是會噴火的蜥蜴，我在想，也許可以做出一個抵抗其火焰的東西。

魔導師思考了一下，說道：「可能沒辦法達到無效化的效果。但減輕的話，應該是沒有問題的。」

這樣啊。

那麼，我就往減輕的方向去思考吧。

「那就減輕吧。」

「既然如此，那這邊的寶石應該不錯。」

魔導師選出一個適合當核的素材，我接過來後，用雙手包覆住。

其實素材本身只有直徑三公釐左右的大小，因此雙手合起來的話，就看不見裡面的素材了。

我就維持這個姿勢，在腦中想像要賦予的效果，並用魔力進行照射。

反正都要做，那就不要侷限於火屬性，乾脆對全魔法都有減輕效果好了。

這樣的話，應該提高魔法抵抗就可以了吧？

嗯，感覺可行哦。

我就在腦中想像著這樣的效果，同時用魔力照射著核。

啪嘰一聲。

…………

碎、碎掉了嗎？

嗯，碎掉了。

肯定碎掉了。

手掌感覺到一瞬間的衝擊，我戰戰兢兢地窺看一眼掌間，發現自己想得沒錯，裡面的素材就這麼壯烈犧牲，碎成了兩半。

我正在煩惱該如何是好的時候，魔導師就問道：「請問發生什麼事了嗎？」

「呃，好像碎掉了。」

保持沉默也無濟於事，所以我又戰戰兢兢地將事實說出來，然後給他看碎掉的素材，他「咦？」了一聲，表情相當震驚。

聽到他的驚呼，周遭的魔導師都紛紛往我們看了過來。

咦？現在是怎樣？好可怕。

不要看我啊。
包含所長在內，周遭的人都定在原地，魔導師定定地看著我的手掌，口中喃喃說道：
「真的碎掉了。」
說完這句話後，他也跟大家一樣定在了原地。
不是吧，誰來都好啊，拜託救救這個局面吧。
「要賦予的效果是減輕屬性魔法嗎？」
這時候，背後響起了一道宛如神諭般的嗓音，我轉頭一看，赫然看到一位眼鏡菁英大人，他擁有一頭柔順的銀髮以及似曾相識的灰藍色眼眸。
我之所以忍不住用「大人」來稱呼他，可能是因為他渾身散發出一股冷冽的氣質，而且他剛才那道打破僵局的聲音，簡直就像是從天而降的神諭。
眼鏡菁英大人沒怎麼搭理我的目光，拿起我手上的素材仔細地端詳著。
「真的只有減輕屬性魔法嗎？」
「啊，不是的……」
他用毫無溫度的眼神瞥了我一眼，我便自然而然地挺直了背脊。
感覺像是老師和學生一樣。
「妳原本打算賦予什麼效果？」

「那個，呃……我是想說，要是提高魔法抵抗的話，就不用管什麼屬性了，所以……」

「既然如此，就超出這個素材的負荷範圍了。」

說完，眼鏡菁英大人又從桌上的素材盒裡挑選其他素材。

他挑到的是直徑約莫五至六公釐大小的黑色寶石。

比剛才的寶石大了一倍左右耶，使用這麼大的素材沒問題嗎？

這種大小的價格應該也很可觀吧？

我不禁看向魔導師，只見他一樣露出了訝異的神色。

順帶一提，所長也是相同的表情。

「真的可以嗎？」

我來回看著素材和眼鏡菁英大人的臉龐，並開口向他確認。而他則點點頭，把素材遞給我。

我接過素材，和剛才一樣用雙手包覆住，一邊祈禱著提高魔法抵抗，一邊用魔力進行照射。

素材瞬間發出微熱，但立刻就消退了。

順利完成附魔了嗎？

我戰戰兢兢地攤開合起來的手掌，發現這次的素材並沒有裂開，保持原狀地躺在我手

中。

看起來一點變化都沒有，令人懷疑附魔是否真的成功了。

當我盯著素材看的時候，眼鏡菁英大人還是和剛才一樣拿走我手上的素材。

「『鑑定』。」

他和緩地詠唱起據說很少人會使用的鑑定魔法。

我曾經聽聞宮廷魔導師團這裡也有幾人會使用鑑定魔法，看來眼鏡菁英大人就是其中一人。

真是厲害啊。

我目不轉睛地看著。而眼鏡菁英大人在宛如天降神諭似的登場後，原本始終如同戴著能樂面具般面無表情，此時嘴角卻突然揚起一抹幾不可察的弧度。

他很快就斂起微笑，恢復成原本的一號表情，接著說道：「成功了。」

聽到這句話，周遭的魔導師都「哦哦！」地掀起一片歡呼聲。

太好了，這次成功了。

我鬆了口氣後，馬上又有其他素材遞到我眼前。

我循著那隻手看過去，果然是眼鏡菁英大人，於是疑惑地歪起頭。而他則開口說：「下一個是……」

咦？還有下一個嗎？

總之我先接了過來，這個素材和一開始使用的差不多大。

「減輕毒的效果。」

「好的。」

那種不由分說的語氣，讓我不自覺地乖乖點了點頭。

這次要確實按照他的要求來進行附魔。

眼鏡菁英大人的判斷很正確，這個素材經歷整個附魔過程也保持完好無缺。

附魔完成後，我攤開手掌，眼鏡菁英大人就拿起核並施展鑑定魔法。

他要求的效果應該順利地賦予在核上了，只見他滿意地點點頭，接著把下一樣素材遞到我眼前。

我接過來後，他就直接告訴我要賦予什麼樣的效果。

乖乖地按照眼鏡菁英大人的要求完成附魔後，他似乎對順利的進展感到很愉快，便接二連三地把素材遞給我。

而我也一個接一個地將他指定的效果賦予在素材上。

他對完成附魔的核施展鑑定魔法，確認每一個核都被賦予上正確的效果。

然後不斷重複著這樣的過程。

雖然說附魔並不是多費力的工作。
不過，做這麼多要幹嘛呢？
他一開始的指示都是減輕毒或屬性魔法等減輕型的效果，但不知何時開始混入一些毒無效或麻痺無效等無效型的效果。到了最後，儘管只說要做減輕型的核，卻還是在他的要求之下做了具有兩種附魔效果的核。
雖然我的ＭＰ在途中終究還是不夠用了，不過當我發現的時候，中級ＭＰ藥水已經神不知鬼不覺地擺在我面前了。
似乎是一直默默關注著我們一連串舉動的魔導師拿過來的。
足足拿了五瓶……
雖然分量很多，可是我全部都喝完了。
休息時順便喝的。
是說，藥水不知為何並不會產生飽足感，無論多少瓶我都喝得下。
不過這分量還是很多。
真的很多。
而且我在喝的時候，旁邊還有人正拿著素材在等我。
我可是一口氣喝光整瓶藥水，直接灌到底。

「請問，我們要持續做到什麼時候呢？」

做完不知道第幾次的附魔之後，我覺得差不多該回研究所了，便問眼鏡菁英大人何時可以結束。

附魔完後彷彿上了輸送帶般被遞過去的核，目前正一顆一顆井然有序地排列在他面前。

眼鏡菁英大人看著這些素材的數量，微微地點了點頭後，從牆邊上鎖的櫃子裡拿出一個特別大的素材。

那是大小超過一公分的透明寶石。

該不會是鑽石吧？

看到他拿出那麼大的素材，周遭有幾個魔導師都不禁吞了吞口水。

所長，你嘴巴張得開開的耶。

「這是最後一次了。狀態異常無效、魔法攻擊無效和物理攻擊無效。」

咦，三個？

而且全部都是無效型？

我聽了很訝異，周遭的魔導師也都很震驚的模樣。

看到他們的表情，我很想說：「眼睛瞪那麼大，小心眼珠子掉下來啊。」

總之，我按照他的指示去思考了，可是魔法攻擊無效和物理攻擊無效似乎沒辦法兩者兼具。

唔嗯，如果換成魔法抵抗上昇和物理防禦上昇，感覺就可以一次賦予三種效果了。

「魔法攻擊無效和物理攻擊無效好像沒辦法兼具，換成魔法抵抗上昇和物理防禦上昇的話，應該就沒問題了。」

「是嗎？那就換吧。」

他同意了我的提議，於是我將狀態異常無效、魔法抵抗上昇和物理防禦上昇的效果賦予在素材上。

掌心感受到的熱度比以往都還要高，也花了很長一段時間，不過好像順利完成附魔了。

我將附魔完畢的核交給眼鏡菁英大人後，他就開始朝核施展鑑定魔法，確認是否具有附魔效果。

見他微微勾起嘴角，看來素材上確實有他要的效果。

原本在旁邊屏息關注的魔導師們突然之間都喧嚷了起來。

我安心地呼出一口氣，所長就朝我說：「辛苦妳了。」

嗯，心中總有一股莫名的緊張感，讓我比平常工作結束後還要更累一點。

真想趕快回研究所泡杯茶來喝喝。

「這是今天的車馬費。」

正當我打算和所長一起離開嘈雜的宮廷魔導師團的隊舍時，眼鏡菁英大人就把黑色的寶石遞給我。

那是我一開始做的提高魔法抵抗的寶石。

說是車馬費……這個寶石用買的話應該要價不菲吧。

真的可以收下嗎？

「沒關係嗎？」

「無妨，這是妳應得的回饋。」

「這樣啊。」

既然他說沒關係，我就心懷感激地收下了。

掌心上的寶石似乎閃耀出一瞬間的光彩。

◆

在宮廷魔導師團做完附魔之核之後，過了一個星期。

其他研究員說所長叫我過去。而我走進所長室便看到了意想不到的人物。

是眼鏡菁英大人。

「……打擾了。」

「聖也坐下吧。」

在所長催促之下，我就在他身邊坐了下來，然後他開始說明找我過來的原因。

前幾天，宮廷魔導師團獲得大量附魔之核的事情不知道從哪裡走漏了風聲，騎士團得知此事後，便委託他們幫忙籌措核。

騎士團想要的，當然是經過附魔的核。

問題就出在這裡。騎士團的委託內容之中包含了宮廷魔導師團現有人手做不出來的東西。

我原本覺得如果做不出來的話，就直接拒絕就好了，但由於宮廷魔導師團擁有那款委託的現貨，所以沒辦法推辭。

嗯，宮廷魔導師團的附魔之核是出自我之手。

我一個星期前製造的許多種核之中，其中有一種核是他們做不出來的。

聽說眼鏡菁英大人一開始是拒絕了。

但是，騎士團不知從哪裡得知宮廷魔導師團有現貨，所以不相信他們做不出來。

所謂的宮廷魔導師團，就是這個國家會使用魔法的人之中最為優秀的一群人，如果說這些核是從外面訂購的，也沒有人會相信。

畢竟宮廷魔導師團做不出來的東西，沒道理一般商店的人就做得出來。

因此，一籌莫展的眼鏡菁英大人才會在今天來到研究所，請身為製作者的我幫忙處理騎士團的委託。

「我知道這件事本來不該麻煩妳，但妳願意協助我們嗎？」

「我是覺得沒關係啦……」

本來就是我自己要去宮廷魔導師團做附魔之核的，所以這件事我也有一點責任，要幫忙當然是沒問題。不過，我目前隸屬於研究所，如果去做不屬於工作範疇的事情，應該要先獲得所長的同意才行。

啊，他該不會要我結束研究所的工作後再去幫忙吧？

我瞄了所長一眼。而眼鏡菁英大人察覺到我的反應後，也看向了所長。

所長難得皺起眉頭，陷入思考了一下，但最後還是嘆了口氣，點頭答允。

「下不為例，而且報酬當然不可少。」

「抱歉。」

眼鏡菁英大人的臉上依舊毫無情緒起伏。但我看到他略為垂下眼眸說話的模樣，與之前在宮廷魔導師團見到的時候不同，便覺得他是真的感到很抱歉。

接著，我和所長以及眼鏡菁英大人討論過後，決定從明天起，我暫時要在宮廷魔導師團工作了。

隔天早上，我打點好一切後，來到外頭就看到宮廷魔導師團已經派馬車過來了。

聽所長說，馬車是眼鏡菁英大人為我準備的。

從現在開始到完成委託之前，每天都會派馬車來接送我。

研究所距離宮廷魔導師團很遠，有馬車接送真的是幫了大忙。

隨著馬車搖晃之下抵達宮廷魔導師團後，便發現眼鏡菁英大人特地來到門口迎接我。

「早安。」

「妳帶的東西真多。」

招呼都沒好好打，他看到我雙手抱著的箱子，劈頭第一句話就是狐疑地指出這點。

「這些是ＭＰ藥水，先預備著比較好吧？」

眼鏡菁英大人似乎接受了我的解釋，只見他點了點頭，作勢要接過我的箱子。

「啊，我可以自己拿沒關係。」

「沒必要讓女人自己拿重物。」

雖然箱子並沒有很重，不過他還是從我手中搶走箱子，快步朝裡面走去。

而我則小跑步地追上他。

我跟著他的腳步來到前陣子進行附魔的房間，一進去就看到裡面的魔導師們已在忙著進行附魔。

「咦？宮廷魔導師團的上班時間比研究所還要早嗎？」

「沒有這回事。」

我原本是預計抵達宮廷魔導師團的隊舍的時候，正好也快到研究所的上班時間，結果來了才發現魔導師們已經在工作了，讓我有點慌張。

根據眼鏡菁英大人的說法，他們平常的上班時間和研究所一樣，只不過這次騎士團的委託數量太多了，大家才會一大早就來工作。

那我是不是從明天開始也要早點來比較好？我這麼一問之後，他就說我是來幫忙的，按今天的時間來就好。

「交貨的期限很短嗎？」

「他們說要趕在下次出征之前交貨。」

我忽然想到期限的問題便問了一下，結果對比於委託的數量，交貨的期限顯得相當短。

眼鏡菁英大人在說明這些事情的時候，太陽穴的青筋微微凸了起來，模樣相當可怕，我就決定裝作沒注意到了。

我工作的地方位於房間的最裡面。

事前準備似乎有其他魔導師幫我打點好了，工作桌上備齊了核的素材。

眼鏡菁英大人幫我搬過來的ＭＰ藥水箱就擺在腳邊，於是我立刻開始進行附魔。

一開始要先看看情況，所以眼鏡菁英大人也站在我旁邊。

「發出委託的是第三騎士團嗎？」

「不是……是第一騎士團。」

需要我進行附魔的核只有一種，做完剛開始的幾次之後便熟練了起來，所以一邊交談一邊進行附魔也沒問題。

雖然工作可以埋頭默默做就好，但旁邊就站著一個人，不說話總覺得有點尷尬，正好我有問題想問他，就開口問問看了。

眼鏡菁英大人和所長昨天都只提到騎士團而已，讓我有點好奇是哪一個騎士團委託的。

由於我和第一騎士團不曾有過交集，就用眼角餘光瞥了瞥眼鏡菁英大人，發現他滿臉不快的神情。

是交情不好的騎士團嗎？

「抱歉，我已經下過封口令了，但不知從哪裡走漏了風聲。」

他用壓低到極點的沉鬱嗓音喃喃說道，我頓時感到背脊竄起一股涼意。

好像不只我有這種反應，周遭正在工作的魔導師們同樣臉色都不太好看。

隱隱約約感覺到連氣溫也下降了，是我的錯覺嗎？
「不一定呀，可能是我們研究所的人不小心講出去的，畢竟有研究員知道我來這裡進行附魔的事情。」
「連附魔的內容都知道嗎？」
「啊，這倒是不可能……」
我原本是想改變這種冷颼颼的氣氛，結果弄巧成拙了。
當初在談附魔的事情時，裘德也在場，我才會這麼說。但所長禁止我將詳細的附魔內容說出去，整個研究所就只有我和所長知情。
這麼一來，既然騎士團會來委託只有我才做得出來的附魔之核，就表示極有可能是當時在場的某個魔導師洩漏出去的。
昨天眼鏡菁英大人來研究所的時候，所長之所以會繃著一張臉，可能就是知曉這一點的緣故吧。
由於氣氛變得更冷了，我覺得還是不要再聊下去比較好，就埋頭默默地做工作。
不久之後，眼鏡菁英大人好像認為我一個人也沒問題，便從我身邊離開。
周遭的氣氛突然舒緩了下來。
不過，我被分配到的數量不少，所以我沒有和其他人閒聊，一顆接一顆地默默做下去，時間就在不知不覺間來到了中午。

可能是太專注的緣故，我並沒有聽到正午的鐘聲，直到眼鏡菁英大人來叫我，我才終於發現已經中午了。

「妳不去餐廳嗎？」

「咦？」

經他這麼一提醒，我環顧周遭，其他人都早已前往王宮的餐廳了。

「已經中午了嗎？」

「對。」

我有個壞習慣，就是只要專注地做一件事，便會聽不到周遭的聲音。

我表示自己有從研究所帶三明治過來，眼鏡菁英大人就說他也要在隊舍吃午餐，於是我們便一起用餐了。

上次進行附魔的時候，眼鏡菁英大人只會說最簡明扼要的重點，我原本還在擔心一起吃午餐會不會很尷尬，不過他這次好像有顧慮到我的心情，會跟我閒聊幾句。

幸好眼鏡菁英大人拋出的話題都是彼此工作上的事情，所以我們聊得還算愉快。

要是換成現在流行的服飾或小點心的話，我應該會完全跟不上話題。

對不起，我就是很不像女生。

平平淡淡地吃完午餐後，我再次回到工作崗位。

我每隔一段時間就會喝ＭＰ藥水小憩片刻，一直到下班時間為止，我已經做完八成左右的委託數量。

照這個進度，明天應該就能結束了。

我呼出一口氣後，眼鏡菁英大人就來看我的狀況了。

「已經做完這麼多了啊？」

「是的。」

看到我完成附魔的數量，他驚訝得稍微睜大雙眼，然後拿起其中幾個素材進行鑑定。

檢查是否有確實附魔成功也是相當重要的一件事。

他隨機抽查的素材似乎都沒有問題，因此我今天的工作就結束了。

「做得很好，明天也拜託妳了。」

他好像對今天的成果感到很滿意，在肯定我的表現時，不僅嘴角揚起淺淺的弧度，連眉目之間都溫和了不少，相較於平常面無表情的模樣，兩者的落差讓我吃了一驚。

周遭的人們似乎也受到不小的震撼，瞬間掀起了一陣騷動。

但有點遺憾的是，聽到周遭的騷動後，眼鏡菁英大人立刻就斂起了微笑。

然後，隔天我們繼續進行附魔作業，讓宮廷魔導師團得以順利地完成第一騎士團的委託。

◆

我敲了敲所長室的門。

裡頭立刻傳來回應，我說聲「打擾了」便開門入內，只見所長正坐在位子上閱讀文件。

「不好意思，我有件事想找您商量，您現在方便嗎？」

「可以啊，什麼事？」

所長從文件中抬起目光，往我看了過來。

我想找他商量的事情，其實是我需要一些東西，想請他幫忙訂購。

「這些東西，可以請您幫我訂嗎？」

說著，我將紙條遞給所長。

所長看了紙上的內容後，露出不解的神情。

他會有這樣的反應也很正常。

畢竟上面寫的東西看起來都和工作無關。

「砂糖、蜂蜜還有檸檬啊，妳到底要用來做什麼呢？」

「我打算做點心。」

「點心？」

沒錯，紙條上寫的正是點心的材料。

老實說，我原本還在擔心這個世界沒有那些材料，但問過裘德後，確定這個世界也有，於是我就打算久違地來做做點心。

我還在念書的時候，經常都會在老家做點心。

不過，出社會後就再也沒做過了。

「點心是個人用途，所以費用我會出，只是想問能不能跟餐廳的食材一起進貨。」

「個人用途？只做給自己吃嗎？」

這次是出於個人因素才會有做點心的計畫，因此我會自己出錢，但所長在意的好像並不是這一點。

其實，我並不是打算只做給自己吃就是了。

難道所長也想吃嗎？

那我懂了。

我之後再請餐廳的廚師幫忙，連同研究員們的份也一併做吧。

「這樣的話，紙條上的材料分量就不夠用了。」

「那麼，妳就在餐廳食材的訂購單裡補上需要的材料，寫完再拿來給我吧。」

「真的可以嗎？蜂蜜和砂糖應該都滿貴的吧。」

「不必擔心費用。」

「我只會出自己的那一份哦。」

「誰要妳出錢了？」

「該不會是要從研究費裡……」

「妳想太多了。」

所長傻眼地嘆了口氣。

可是裘德跟我說，蜂蜜和砂糖這種甜味食材在這個世界相當珍貴，以致價格也非常可觀。

如果連同研究員們的份也算進去的話，就要花上一筆不小的金額去訂購那種高級食材。餐廳應該有固定的食材預算，不可能把做點心的花費算在那裡面，既然如此，我能想到的也只有挪用研究費了。

啊！

難道所長要自掏腰包嗎？

「好啦，妳就別在意這一點了。」

當我正在煩惱材料費用的來源在哪裡的時候，所長彷彿看透我的想法似的露出苦笑，然後揮了揮手，示意我可以離開了。

幾天後，我拜託所長訂購的材料順利送達了。

假日早上，我就占據著廚房一角處理大量的材料。

廚師當然也有跟我一起做，畢竟一個人做所有人的份太辛苦了。

以前提到做點心的事情時，他就請我一定要教他點心的作法，因此也正好藉這個機會教他。

對了，都忘了說，餐廳的廚師從原本的一人增加到五人了。

這五個人並不是天天都在，而是以輪班的形式每天安排三個人來餐廳。

聽說是因為連王宮那邊都耳聞研究所的餐廳很好吃，便派王宮餐廳的廚師過來學習廚藝。

也因為這樣，我才能從早上就開始和廚師一起努力做點心。

我們做的是簡單的餅乾和蜂蜜檸檬磅蛋糕。

雖然我沒有把作法記得很清楚，不過好像都做對了。

太好了，謝天謝地。

從烤箱裡拿出來的磅蛋糕呈現出漂亮的烤色。
正好其他廚師在準備午餐，我就請他們試吃看看，結果反應很不錯。
由於烤箱飄出陣陣香味，在準備午餐的廚師們不斷偷偷瞧著我們這裡。
看他們很好奇的樣子，我就請他們試吃了。
既然試吃過後的反應也很好，我們就將剩下的蛋糕和餅乾放涼，然後分裝成數小份放進籃子裡，一切就大功告成了。
我請廚師們幫忙將點心發給所長和研究員們，自己則往第三騎士團隊舍出發囉！
嗯，覺得我情緒很亢奮？
這是因為不這樣壯壯膽的話，我就不敢過去啊。
今天是為了某個目的才會來到第三騎士團的隊舍。
我打算送禮物給團長，當作髮夾的回禮。
自從前陣子裘德告訴我附魔的事情後，我就一直感到很煩惱，覺得這份禮實在太貴重了。
就算對方再怎麼對我有好……好感，也不能就這樣白白收下來。
於是，正好前陣子去做附魔素材的時候獲得了一顆核，便加工製成送禮用的飾品。
我想過很多方案，最後還是選擇了項鍊。

戴戒指不便於握劍，然後我記得他沒有在戴耳夾或耳環，做成項鍊的話，應該不會造成任何妨礙。

雖然我不知道項鍊的形狀對這個世界來說正不正常，不過為了讓男性戴起來也不會顯得很怪，便決定做成軍牌造型項鍊。

軍牌正中央刻著十字架的形狀，核就鑲嵌在十字架的中間。

連我都覺得這個設計普通到沒什麼好挑剔的。

我當然沒辦法自己做出這條項鍊，是在外面訂做的。

店家則是所長介紹的。

他還一直對我露出曖昧的竊笑。

然後呢，我覺得只帶著項鍊過去莫名令人害羞，於是多補了餅乾和磅蛋糕。

直接把整個籃子遞給他，應該就沒問題了。

於是，我抵達了團長的辦公室。

守門的騎士看到我後，並沒有把我當成可疑人士，而是親切地朝我微微一笑，馬上就進去通報了。

我都還來不及表明身分，他怎麼就直接去通報了呢？

我也不記得有先從研究所派快馬通知團長。
一定是那件事造成的。我想起自己經常和團長共乘一匹馬的事情。開始傳出流言後，雖然我心知這樣不太好，但想拒絕也拒絕不了，直到現在，只要他邀我的話，我還是會跟他共乘一匹馬。
嗚嗚……
「打擾了。」
在門口都還沒做好心理準備，騎士就幫我開了門，我走進去後，看到團長和平常一樣坐在辦公桌前處理文件。
騎士團也並不是都在出征或訓練，高層們還有堆積如山的文件要處理。
「今天怎麼來了呢？」
「我做了點心，來分送一些給您。」
我說出事先想好的說詞，團長立刻露出了溫柔和煦的表情。
嗯，抱歉，我無法直視。
問我為什麼？
拜託就別問了！
我將帶來的籃子遞給團長後，他把為了遮掩而蓋在籃子上的布巾掀開，看了看裡面的東西。

乍看之下，籃子裡只放了小包小包的餅乾和磅蛋糕。

其實角落處還塞著一個項鍊盒子，那是我故意用餅乾埋起來，好讓他不會馬上發現。

「看起來很好吃，那就來享用吧。」

看到裡面的餅乾和磅蛋糕後，團長就拿著籃子站了起來。

他的工作正好告一段落嗎？

既然沒有打擾到他就好了。

那麼，已經將籃子順利送達了，我也該回去了。

當我正要跟他告別時，他就彷彿要打斷這句話似的問了聲：「妳要不要喝杯茶呢？」

不是啊，那個，我就是想在他發現項鍊之前回去的說……

……………

笑意盈盈的團長用充滿期待的眼神看我，我實在招架不住啊……

只好宣告敗北，照他說的在會客沙發坐了下來。

……………

請問，為什麼要坐在我旁邊呢？

對面也有沙發不是嗎？

坐在三人座沙發似乎是個不智的決定，因為團長也在我旁邊坐了下來。
雖然這麼近的距離讓我有點慌，不過並不會像以前一樣很想逃離現場了，果然是習慣了共乘一匹馬時的那種距離感嗎？
習慣真是可怕的一件事。
該怎麼說呢？總覺得我最近愈來愈無處可逃了。
不久之後，茶就送來了，空氣中飄進一股紅茶的香氣。
似乎是門口那位幫我通報的騎士很貼心地請侍女泡茶送來這裡。
擺在我面前的紅茶呈現出琥珀色，是我來這邊之後很難得能喝到的高級品。
我喝了一口，澀味恰到好處，非常好入口。
真不愧是王宮的紅茶。
使用的茶葉都是上等貨。
侍女不知何故還送來了分裝用的盤子，我就從籃子中取出餅乾和磅蛋糕，遞給團長。
難道守門的騎士察覺到我帶了點心過來嗎？
啊，應該是聞到香味才發現的吧。
「雖然我平常不太吃甜食，不過這個真好吃。」
「太好了。」

團長出乎意料地喜歡降低甜度的餅乾，吃了一口就綻放出笑容。

看到他喜歡我做的點心，我覺得很高興。

於是我也跟著露出了微笑，團長看到之後，臉上的笑意更濃了。

帥哥的微笑具有非常大的殺傷力。

我感覺到自己的臉龐微微發熱了起來。

不行不行，再直視下去會出事的。

「對了，我剛才開始便一直很在意這個……」

吃完點心正在喝紅茶的時候，團長就從籃子裡拿出項鍊的盒子。

我不由得被嗆了一下，幸好沒有把紅茶噴出來，真是太值得鼓勵了。

欸，我可是特地藏起來的，你為什麼要注意到？

「似乎是具有附魔效果的物品，裡面裝著什麼呢？」

「呃……」

我飄忽著眼神，思考著要怎麼跟他說明。

唔——

不行，我想不出來。

我偷偷瞄了團長一眼，發現他看著我的眼神似乎夾雜了些許期待。

「那個也是要送您的，是髮夾的回禮。」

想破頭也想不到什麼好的藉口，所以我就老實地回答了。

團長聽到後，臉上的笑意又更深了，他問：「我可以打開嗎？」我便點了點頭。

「前陣子，我去宮廷魔導師團進行附魔，當時就做了這顆核……」

默默地等待團長打開盒子實在很難熬，所以我就開始講起自己做出這顆核的經過。

至於團長呢，他打開盒子看到裡面的項鍊後，眼睛立刻睜大了。

「這顆核具有魔法抵抗的效果，您出征的時候可以順便戴著……」

我說明的時候，感覺到自己的臉龐滾燙了起來。

實在太難為情了，因此我的視線從團長身上移開，往其他方向飄了過去，結果發現的時候已經來不及了。

我感覺到右手被人觸碰，於是轉回視線，就看到團長執起了我的手。

他並沒有特意放慢動作，可是在我眼中就好像進入了慢動作模式一樣。

我看到團長低垂的睫毛，內心還悠悠哉哉地想著「睫毛好長」，當然這絕對是在逃避現實。

接著，被執起的指尖處傳來一陣柔軟的觸感。

嘴唇從我指尖移開後，團長投注的熱烈視線。

我的記憶就到這裡了。
對於之後是怎麼回到研究所的，我並沒有什麼印象。

幕後

「便是此物。」

王宮的深處，在國王的辦公室裡，宮廷魔導師團的副師團長——埃爾哈德・霍克將鋪著黑色天鵝絨的托盤呈到國王面前。

放在托盤上的，是超過一公分大小的鑽石。

那是前些日子聖賦予了狀態異常無效、魔法抵抗上昇和物理防禦上昇的附魔素材。

站在國王旁邊的宰相是個平常不會將情緒顯露在外的人，但看到眼前具有附魔效果的核之後，他的喉嚨發出了嚥下唾液的聲響。

深諳權謀心計的宰相會不慎暴露出自己的內心想法，也是在所難免的事。

畢竟聖做出來的這顆玩意兒，本來的話，只能從古代遺跡深處的出土文物中尋找，或是藉由討伐魔物才能獲得。

在討伐魔物的過程中，打倒魔物後有極低機率出現附魔道具，只要魔物愈強，掉落物的價值就愈高。

如果想獲得跟聖做的這顆核具有相同效果的物品，對應到的魔物等級則必須出動所有騎士團才有辦法討伐一隻。

正可謂是傳說級的珍稀品。

實際上，有幾樣效果類似的物品被視為國寶收藏在宮中。

當然並不是在這幾十年之間收集到的，而是花上好幾百年的歲月，好不容易才尋覓到的少少幾樣珍品。

擺在國王和宰相面前的核便具有如此高的價值，除了鄭重收藏在寶物庫的國寶以外，他們兩人都是初次見識到這樣的珍品。

「原來如此，難怪你們會要求遣退其他人。」

短暫沉默後，國王隨著一口嘆氣說出了這句話。

埃爾哈德和藥用植物研究所的所長約翰祕密通知國王有事稟報。而稟報的現場除了當事人埃爾哈德和約翰以外，便僅有國王和宰相而已。

雖然已經在宮廷魔導師團公開進行過附魔，就算有下封口令，也沒辦法保證其他魔導師不會洩漏出去，不過多設一條防線總是好的，因此便把其他閒雜人等都遣退了下去。

他們二人的稟報內容就是聖能夠製造傳說級的附魔道具，這種重大發現不僅有足夠的理由遣退其他人，就連治理國家的國王和宰相聽了也難免會感到愕然。

所謂的傳說級正如字面上的意思，聖製作的核非常有益於軍事用途，若是拿去賣的話，就算賣到天文數字也不誇張，所以能製造出這類道具的她，簡直就是下金蛋的金雞母。

要是把件事公諸於世的話，絕對會有宵小暗中盯上她。

埃爾哈德收到約翰的聯絡，得知聖對魔法有興趣，便上奏國王表示可以藉這次的機會調查她的魔法相關能力。

宮廷魔導師團的師團長是唯一有能力鑑定人物狀態資訊的人，但自從「聖女召喚儀式」結束以後，他始終沉睡不醒，因此至今還無法從被召喚來的聖和愛良之中，分辨出誰才是真正的「聖女」。

然而，儀式已經是距今半年以上的事情，誰都不曉得師團長什麼時候才會甦醒，大臣們便建議可以盡可能針對聖和愛良的能力進行調查。

愛良那邊因為她就在王立學園上課，所以會隨著課堂從各方面調查她擁有的能力。

另一方面的聖則是在藥用植物研究所工作，她做的事情都和一般研究員沒什麼兩樣，導致對她的調查遲遲沒有進展。

再加上把她召喚過來後發生的那件事，讓王宮這邊沒辦法對她採取強硬的手段，所以她這次主動提出的要求對王宮而言可以說是正中下懷。

國王接到埃爾哈德的奏報後，便決定幾天後在宮廷魔導師團進行附魔之時，一併調查聖的魔法相關能力。

這次的調查結果，證實聖擁有驚人的能力。

那天對聖進行調查之前，宮廷魔導師團已經事先擬好一定程度的計畫。

因應各種附魔效果，進行附魔者需要使用到的魔法技能屬性、等級以及照射的魔力量都不同。如果要賦予高級的效果，需求的魔法技能等級和魔力都會按比例增加。

至於附魔效果與需求的魔法技能等級以及魔力的關係，根據至今累積起來的成果，在一定程度上已證實三者之間確有相關性。

他們利用這一點來調查聖擁有的魔法技能屬性，再逐步提升附魔效果的難度，藉此測試出她目前的魔法技能等級。

如果可以的話，他們還想讓她在附魔的過程中用完所有魔力，然後從使用的ＭＰ藥水量來算出她的ＭＰ最大值。

由於聖是透過「聖女召喚儀式」被召喚過來的，當然極有可能擁有聖屬性魔法，所以他們一開始就是引導她進行需擁有聖屬性魔法才能成功的輔助型的附魔。

然而途中發生了意外，變成由埃爾哈德來負責引導聖進行附魔，不過計畫還是按照原先預定好的方式走下去了。

附魔效果依照減輕、抵抗、無效化的順序提高難度。

一般來說，魔法技能的等級以10級為最高等級，古今以來達到這種高度的人只有一兩個人而已，隸屬於宮廷魔導師團的人員也普遍都是3級左右。

只要擁有最低等級的聖屬性魔法，就可以賦予減輕型的效果，抵抗型的效果至少要3級，無效化則必須至少5級以上。

聖原本打算賦予的效果是難度最高的無效化，當時引導她進行附魔的魔導師便推薦她選擇最簡單的減輕型效果。

不過，因為聖臨時改變想要賦予的效果，導致第一次的附魔失敗了，還發生素材碎裂的意外，但後來嘗試第二次時，就成功賦予了魔法抵抗上昇的效果。

抵抗和防禦上昇相當於抵抗型的附魔效果，因此這時候已經可以確定聖的魔法技能等級至少有3級以上。

另一個候選人愛良被召喚過來半年以後的如今，聖屬性魔法是超越宮廷魔導師的4級。但是，她剛進王立學園學習魔法的時候，只勉勉強強會使用1級的聖屬性魔法而已。

照理來說，聖並沒有上過一次魔法課程，一驗之下竟有3級的程度，不難想像魔導師們有多驚訝。

為了展開更深入的調查，埃爾哈德便指示聖賦予素材形形色色的效果。

埃爾哈德的指示非常一板一眼，周遭的人都提心吊膽的，怕他不知何時會得罪聖，幸好聖並沒有因此壞了心情，認真安靜地按照指示進行附魔。

雖然減輕型的效果只需要用到等級最低的魔法技能，但根據內容不同，即使同為減輕型效果，有時候還是需要具備更高等級的技能。

比方說，1級就可以賦予減輕毒的效果，不過減輕麻痺的效果就必須2級以上才有辦法賦予在素材上。

埃爾哈德就利用這一點，詳細地調查聖的魔法技能等級。

他讓聖依序賦予素材各式各樣的效果，慢慢提高難度，結果聖連5級以上才能賦予的無效型效果都輕鬆搞定了。

身為魔法研究者的埃爾哈德見狀，不由得被挑起些許求知的欲望。

他接著給予的指示是賦予一個素材兩種以上的效果，至今以來成功做到的人只存在於歷史上。

他心中半是不看好聖會成功，另一半卻又期待她能成功。不過，雖說是最簡單的減輕型效果，聖同樣輕而易舉地成功了。

看到這裡，周遭所有人也非常期待聖的能力到底能發揮到什麼樣的地步。

魔導師們原本都是悄悄地關注發展，但此刻全都目不轉睛地專心看著聖的附魔過程。

正好進入休息時間的時候，聖詢問要持續做到何時，埃爾哈德便給予最後的指示。

他的指示內容根本不可能成功。

狀態異常無效、魔法攻擊無效、物理攻擊無效。
一次就要賦予素材超過一種難度最高的無效型效果，而且還不是兩種，而是多達三種，別說自古以來沒有人能做到這樣的事情，就連這種玩意兒能否存在於世上都有待商榷。
果不其然，聖也沒辦法做到，不過她提出另一個應該可行的替代方案，將賦予的效果改成狀態異常無效、魔法抵抗上昇和物理防禦上昇，如此亦屬傳說級的珍品。
而且結果正如聖自己說的成功了。
這樣看來，可以推測出聖的聖屬性魔法技能等級恐怕達到最高的10級了。
其實不只如此，但埃爾哈德等王宮的人們知曉的時候，已經是更久之後的事情了。
「臣認為，她的聖屬性魔法應為10級，基礎等級則超過40級。」
埃爾哈德以平靜的語調陳述著，國王和宰相聞言都睜大了雙眼。
狀態資訊除了會顯示戰鬥技能和生產技能的等級之外，還存在著所謂的基礎等級。
基礎等級會影響到HP、MP、物理攻擊力和魔法攻擊力等基本的狀態。
一般人的平均等級為5～10左右；王立學園的畢業生為15～20左右；而任職於王宮的騎士和魔導師則為30～35左右。
超過40級的就只有各騎士團和魔導師團的團長們了。
這次進行附魔的途中，聖喝光的MP藥水加總起來，可以推算出她的MP最大值約莫在五千上下。

王宮裡ＭＰ最大值有到五千的人物就屬宮廷魔導師團的師團長，他的基礎等級是45級。

埃爾哈德由此估測聖的基礎等級有40級以上。

「還真是高啊……」

宰相喃喃吐出這句話，這其實是很合情合理的反應。

同樣是被召喚過來的愛良，都是由第一王子確認她的狀態，再定期回報給國王。

剛進入王立學園就讀的時候，她主動報上的基礎等級和魔法等級皆為1級。而在學園上課的這半年期間，她的基礎等級已升至16級。

其他學生都要花三年左右的時間才能升到15～20級，由此可見愛良的基礎等級非常容易提升。

而且不光是基礎等級，魔法技能也是，由於只要多多施展魔法就能提升等級，所以在搭配藥水積極地提升等級之下，她的聖屬性魔法等級已然達到可與宮廷魔導師匹敵的4級。

然而，她的基礎等級和魔法等級還是遠遠及不上聖。

「等級如此之高，是因為她是『聖女』的緣故嗎？」

「這一點尚不清楚，臣已讓團員著手調查文獻，但目前還未查到『聖女』的詳細狀態資訊。」

「要是相關記載能多一點就好了……」

「或許是因為詳細的狀態資訊並非重點，能否除魔和淨化瘴氣才是關鍵所在，所以許多文獻的記載都是以此為主。」

王宮圖書室的書籍中，收錄著很多歷任「聖女」如何除魔的相關記述，但至今尚未找到任何關於「聖女」狀態資訊的詳細記載。

在私生活的部分，則有收錄聖女與當時的王族、騎士之間的戀愛故事等等，不過，並未提到她們有像聖一樣製作藥水或進行附魔的事情。

「聖女」的相關文獻內容會像這樣偏重於其中一部分，當然自有其道理。

歷任「聖女」之中，也曾有人像聖一樣進行過附魔。

儘管她們並未做出聖那樣的傳說級附魔之核，但品質仍舊不是一般人能製作出來的。

當時的高層相當賢明，就怕會有不肖之徒藉此利用「聖女」來謀取其他利益，所以不允許留下除魔以外的紀錄，因而導致現在這樣的狀況。

當時高層的想法和現在國王的想法幾乎並無二致。

在辦公室開始密談之後，國王的臉色就漸漸沉了下來，由此可見他確實認為這是個隱憂。

雖然「聖女」存在的可能性變得更高，單純是件可喜可賀的事情，然而，不管聖是不是

「聖女」，她的才能都會為國家戰略帶來重大的影響。

要是將她的能力公諸於世，不難想像國內外都會出現想將她納為己用的貪婪之輩，也預期得到那些在暗中蠢蠢欲動的傢伙會成為國家動盪的根源。

身為國王，必須想辦法保護聖不受侵擾。於是，思及今後要面對的事情，國王實在沒辦法單純地感到開心。

「看來有必要加強她身邊的護衛。」

眾人經過一番商議後，最後國王說的這句話，是在場所有人的共識。

現在聖居住的藥用植物研究所和王宮之間有段距離，最近也因為聖的緣故，經常有研究員以外的人士進出研究所，不過除此之外，很少會有不相關的人接近研究所。

身為聖女候選人的聖搬進研究所之後，王宮本來就有派護衛暗中保護她。但研究所由於地理位置的因素，即使有可疑人士混進來也很容易被發現，而且聖本身也經常待在研究所裡，所以護衛人數並不多。

不過，考慮到這次的調查結果可能會有外洩的情況發生，現在的護衛人數實在讓人難以放心。

既然魔導師們都已經知道聖的能力，就必須盡快加派人手保護她。

但是派太多人也不行。

按照約翰的說法，聖是希望能夠像普通人一樣過日子。

因此，聖並不同於愛良總是有護衛隨侍在側，雖然現在也有護衛在暗中保護她，但都很謹慎地沒讓她發現。

國王等人商議後的結果，決定以餐廳廚師或研究員的名目將護衛安插進研究所，讓聖的身邊隨時有數名護衛在保護她。

第七幕　魔法

自從被召喚來這裡之後，已經過了七個月。

儘管白天的陽光還是一樣毒辣辣的，但可以感覺到日落的時間慢慢提前了。

我每天早上都會去幫藥草澆水，也發覺日出的時間愈來愈晚，秋天應該就快要來了吧。

「早安啊，聖。」

當我正用澆水器在藥草的根部澆水的時候，起床並整裝完畢的裘德就過來了。

雖說我是來幫藥草澆水的，但並不是整個藥草園都由我負責。

再說藥草園前陣子才剛擴建完畢，我根本不可能一個人管這麼大片的範圍。

我照顧的藥草只占了研究所藥草園的一角，是專屬我個人的小田地。

除了我以外，很多研究員都擁有個人的田地，大家各自管理著自己的藥草。

其他的劃區則聘了幾名園藝師負責照顧，平時都是交由他們管理。

「妳跟我說一聲不就好了，我可以幫妳啊。」

看到我手上的澆水器，裘德露出無奈的表情。

由於袞德會使用水屬性魔法，所以不需要澆水器就能大範圍地進行灑水灌溉。

袞德知道我每天早上都會來澆水後，就將他可以使用水屬性魔法的事情告訴我，也確實幫了我幾次忙。

不過，這是每天的例行公事，總不好每次都拜託他幫我澆水，結果只有在澆水前遇到他才會請他幫忙。

「謝啦，你的好意我心領了。」

我笑咪咪地向袞德道謝，他也一副拿我沒轍的樣子笑了笑。

由於我正好澆完藥草了，就跟袞德一起回到研究所。

袞德沒有自己的田地，所以他是特地為了幫我澆水才出來這一趟的。

「說起來，店家的藥草是在今天送達嗎？」

「對，沒錯，聽說今天的進貨量比平常還要多，所長有交代研究員也要去幫忙將藥草搬進倉庫裡。」

在走回研究所的路上，我順便向袞德確認今天的預定事項。

自從開始將藥水批售給第三騎士團之後，光憑研究所的藥草園沒辦法供給足夠的藥草，所以現在也會跟商店訂購藥草。

順帶一提，那間商店是袞德家開的，多虧如此才能以較低的價格進貨，讓所長眉開眼笑的。

聽裘德說，他們家在王都是相當大型的商店，提供五花八門的商品，而且我最近才知道研究所餐廳的食材也是跟他們家進貨的。

對於餐廳的食材，我應該提了不少任性的要求，想到這個就覺得有點抱歉。

「東西大概幾點會送到呢？」

「朝三鐘左右吧。」

「那到時候再去倉庫就好了吧。」

雖然這個世界有時鐘，但據說非常昂貴，持有者很少。

因此，一般平民是透過教會等地方敲鐘來判斷時間，王宮這邊也是會在固定的時刻鳴鐘。

朝三鐘指的差不多是早上九點左右。

倉庫就在研究所隔壁，所以聽到鐘聲後再過去也不遲。

朝三鐘響起後，我前往倉庫了，可是沒有我插手的餘地。

載貨馬車上堆疊著大量的藥草箱，全都由其他研究員和雜務人員幫忙搬進倉庫。

藥草多半都是我在使用的，我原本表示自己也要幫忙，結果大家不知為何都堅決不讓我幫。

嗯，其實呢，難得能夠看到大家結實精壯的一面，對我個人來說是大飽了眼福，可是只有我在旁邊納涼真的沒關係嗎？

心裡總覺得很不好意思，我就放棄欣賞美景，接手別人的工作去送藥水給第三騎士團。

由於是駕著驢車去送藥水，所以並不是多粗重的工作。

而且也有雜務人員會幫忙裝貨卸貨。

對了，我學會駕車了哦。

雖然一開始很擔心沒辦法好好駕馭驢子，但沒想到很快就上手了。

應該是因為驢子本身非常優秀吧。

這個乖孩子既溫馴又聽話。

駕車這件事和製作藥水一樣，換作在日本應該就沒機會體驗到了。

「咦？是聖嗎？」

抵達第三騎士團隊舍的側門，當我正在請雜務人員把藥水搬下來的時候，就遇到了剛結束訓練返回的騎士們。

可能是因為去做訓練，他們身上穿的並不是平常的騎士服，而是比較休閒的服裝。

我曾經和第三騎士團一起去討伐魔物，還有請他們協助調查餐點的效果，所以不知不覺間就和他們熟識了起來。
就像今天看到我的時候還會跟我打招呼。
跟我打招呼的騎士看到我旁邊驢車上推疊的藥水後，似乎就察覺到我是來送藥水的。
「妳是來幫忙送藥水的嗎？」
「對。」
「研究所的藥水真的很有效欸，出征的時候都靠它了。」
「有幫上忙就太好了。」
剛結束訓練的騎士們都聚攏了過來，把我團團圍住。
多數人都比我高大健壯，讓我有一種四面八方都被高牆堵住的感覺。
真是名副其實的人牆啊……開個小玩笑。
「每次都跟你們訂很多藥水，不會很辛苦嗎？下次是這次的兩倍吧？」
「咦？下次要增加嗎？」
「欸？妳不知道啊？」
其中一名騎士說下次的訂購量是兩倍，但我並沒有從所長那邊聽到這件事。
坦白說，現在數量要增加到三倍左右我都能輕鬆地獨力完成，所以兩倍還算小意思。
細問之下，我才知道騎士團下次預定由第二、第三騎士團聯合出征，因此研究所不僅要提供藥水給第三騎士團，還要連同第二騎士團的份都一起準備才行。

要是只有其中一方的藥水效力特別高，可能會引發諸多問題，所長和團長便決定要統一使用一種藥水。

難怪今天進貨的藥草比以往都還要多。

「竟然派兩支騎士團聯合出征，難道是出現了強悍的魔物嗎？」

「也沒有啦，是因為下次的目的地是葛修森林，為了保險起見才會派出兩支騎士團。」

「哦，我想起來了。」

葛修森林之前有沙羅曼達出沒，儘管已經將當時出現的沙羅曼達消滅了，但可能還有其他殘黨也說不定，因此這次就決定展開大規模的討伐行動。

「第一騎士團不參加嗎？」

既然提到第二和第三騎士團，那第一騎士團去哪了呢？我不經意地問起這件事，但話音剛落，周遭騎士們的臉色就沉了幾分。

難道我問了什麼不該問的嗎？我歪著頭看騎士們，他們則勉為其難地答道：

「第一騎士團要負責保護殿下他們啊。」

「殿下？」

「是啊，聽說凱爾殿下一行人去東邊的森林練等級了。第一騎士團要負責護送他們，所以不參加這次的討伐行動。」

凱爾、凱爾……哦，是那個紅髮王子嗎？

聽到這個名字，我一時之間還想不起來是誰，不過沒記錯的話，那的確是第一王子的名字。

「殿下他們早就超過15級了吧，現在去東邊的森林也很難提升等級啊……」

「就是說啊，要練等級的話，去南邊的森林應該比較好。」

「而且還有騎士團護送，這樣更應該去南邊的森林吧。」

據騎士們所說，東邊森林比較適合初學者，基礎等級頂多到12級左右的學生經常會去那裡練等級。

相比之下，第一王子和他的夥伴們幾乎都已經15級左右，去東邊森林應該很難提升等級。

聽說南邊森林的魔物比東邊森林還要強，12～20級左右去南邊森林練等級會升得比較快。

之後繼續聽他們聊，似乎第一王子以前也會去南邊森林，那為什麼事到如今還要去東邊森林呢？我不禁感到疑惑。

「這還用說嗎？一定是為了聖女啊。」

情。

「嗯，八九不離十是這樣吧。」

「聖女？」

「就是殿下負責保護的那個女孩子，殿下他們都是這麼稱呼她的。」

當騎士們提到「聖女」，我不由得反問了回去，他們便告訴我許多關於那位聖女的事情。

得知是由第一王子負責保護的時候，我心中就有個底了，再聽騎士們的說明，那位聖女果真是愛良妹妹。

將騎士們告訴我的內容濃縮精簡過後，就是愛良目前就讀於學園，身邊有第一王子和他的親信們陪伴照顧。

按照第一王子的說法，她身為「聖女」，盡快提升等級對國家也比較好。

她比同學還要晚進入王立學園就讀，所以為了追上同學的程度，等級比她高的第一王子一行人就會陪她去森林，讓她的等級升得比一般人還要快。

第一王子和他的親信當然都是王族或達官貴族的兒子，因此為了安全起見，第一騎士團也會陪同前往。

在高手帶練之下，本來差不多該換到南邊森林，但第一王子覺得太危險而反對，於是他們便一直留在東邊森林練等級。

似乎也是因為愛良妹妹的等級已經追上同學了，沒必要再急著升上去。

「看來她被照顧得很好呢。」

同為被召喚過來的人，能夠聽到愛良妹妹的近況，得知她沒有遭到不合理的對待，我也可以稍微放下心了。

畢竟她的年紀比我小，我之前還有點擔心她。

我表現出來的態度應該是對此感到放心，可是周遭的騎士們都用難以言喻的微妙表情看我。

咦？幹嘛？

「比起那邊的聖女，聖看起來更像聖女吧。」

「殿下也真是沒眼光啊。」

「有麻煩儘管說，只要是我們辦得到的，一定都會幫妳。」

總覺得他們看我的眼神充滿憐憫，紛紛安慰著我，可是用不著這麼擔心我啊。

我每天都在做自己想做的事情，過著既寧靜又快樂的生活。

「啊哈哈，謝謝各位，往後若是遇到了麻煩，還請大家多多照顧。」

雖然大家都說我很像「聖女」，但傷腦筋的是，我好像真的是「聖女」。

至少狀態資訊上是這麼顯示的。

不過，我並不打算主動承認或大肆宣張。
考慮到總有一天會被發現，所以我也沒打算否認自己是「聖女」。
被召喚過來的那天所發生的事情，至今還是我心中的一塊芥蒂，導致我不想坦白承認。
因此，在被誰發現之前，我只想過著普通人的生活。

◆

我回想起前幾天在第三騎士團那邊聽到的事情。
沒錯，就是那個和我一起被召喚過來的女孩子。
第一王子把她帶走後，聽說她現在就讀於王立學園。
從年齡上來說，她應該還是學生沒錯，所以進學園念書本身沒有問題。
我在意的是，她剛入學的時候，基礎等級比同學低的這一點。
跟騎士們道別後，我回到研究所向裘德確認等級的事情，他說學園的一年級生現在大多都7～8級左右。
像王子這樣的三年級生則通常是12～16級左右，騎士他們說王子等人是相當優秀的學生，應該都超過15級了。

既然愛良妹妹已經追上同學的等級，便可以估測她最高也不過是和王子等人相同的15級左右。

再回頭看看我的基礎等級。

是說，我剛才也有確認過，自從被召喚過來之後，我並沒有特別練過等級，所以基礎等級完全沒有提升。

還是55級。

沒錯，55級。

就以現在來說，愛良妹妹是15級，而我是55級……

即使愛良妹妹已經升到15級以上了，恐怕還是比我低吧。

我出於好奇一問之下，才知道裘德是20級，連騎士們也大多都是30幾級左右。

她的等級不可能比他們還高。

為什麼我和她會差這麼多級呢？

我心中有個非常不妙的猜測，但我不願意往那邊思考。

雖然我也不想認為是年齡差距造成的，不過，如果只有我是「聖女」，而愛良妹妹不是的話，這種結果更令我討厭。

要是變成這樣的話，我肯定再也沒辦法過著普通人的平靜生活。

愛良妹妹本身也不願意這樣吧。

明明是因為「聖女召喚儀式」被召喚過來的，結果卻不是「聖女」……

「喂，妳還做得真起勁啊。」

有人跟我說話，我一回頭，就看到所長一臉傻眼地站在那裡。

看來我一邊想事情一邊做藥水之下，不小心就做出超過預定的數量了。

由於最近要批貨給第三騎士團，我為了追求效率而開始一次大量製作，結果現在除了正在攪拌的大釜之外，旁邊桌上還擺滿了藥水，數量是一般藥師所能製作的一倍半。

「對不起，我在想事情，想著想著就做過頭了。」

「瞧妳游刃有餘的模樣，今天之內還有辦法多做一倍的數量嗎？」

「這個嘛，這點數量的話，完全沒問題哦。」

所長苦笑著問我。當我回答之後，所長的臉頰就抽搐了一下。

剛來研究所那陣子，他看到我在製作大量的下級HP藥水時，還會擔心我的MP不夠用，但最近他都不會擔心我了。

他反倒開始擔心藥草園裡面日漸稀少的藥草。

至於上級HP藥水的材料，因為不能再繼續減少了，目前禁止使用中。

我的製藥技能等級似乎也沒辦法升上去，所以最近只有要批售給第三騎士團的時候，才會從商店訂購藥草，零零星星地製作著上級ＨＰ藥水。
上級ＨＰ藥水對於前陣子在東邊和南邊森林展開的討伐行動而言，無論是效力還是價格都太貴了，而且若不是情況嚴重也不會使用，所以就算做了一大堆也只會不斷囤積下去而已。
不過，這次騎士團是時隔多日再度前往西邊森林討伐魔物，平常用不到的上級ＨＰ藥水最好也要準備一定的數量以防不時之需，便決定稍微多做一些。
我能夠以一般人的身分光明正大做的事情大概就製作藥水而已，所以就卯起全力來做了，但看所長的表情，我似乎做得有點太多了。
一個不小心，早上就把一整天的預定工作全都做完了，因此我決定去王宮的圖書室。
我還找了個藉口，說要去查有沒有藥草可以做出比上級ＨＰ藥水更強效的藥水。
雖然我滿久以前就有在查了，但目前還沒有找到那種藥草。
之前問過莉姿，她說禁書庫的藏書或許會有相關記載，不過禁書庫那種地方也不是一般人能出入的。
無可奈何之下，只要是看起來和藥草有關的書籍，我就會一本一本拿下來翻閱。
感覺還有很長的一段路要走。
我現在也正在尋找相關的書籍，某方面來說也是在消磨時間，忽然有一本書擄獲我的目光，我便拿了下來。
那本書的書名包含著「聖屬性魔法」這個詞彙。
我的基礎等級已經夠奇怪了，不過狀態資訊中最奇怪的是聖屬性魔法的等級。
聖屬性魔法等級∞是怎樣啊？
等級居然沒辦法以數值來表示，這種情況不用猜也知道是跟「聖女」有關吧。
之前是因為剛好聊到，我才有辦法問基礎等級的事情，但屬性魔法等級就沒有問到了，我不曉得平均的屬性魔法等級大概落在哪裡。
要是追問得太深，我怕會被問及我自己的情況，所以就算想問也不能問。
在問基礎等級的時候，我也整個人提心吊膽的，幸好話鋒沒有轉到我的等級上面。
言歸正傳。
剛才說到聖屬性魔法，看到我的這種等級後，我心想大概不可能再升上去了，於是就沒有特別去學習。
相較之下，製藥和烹飪不僅具有升級空間，而且做起來也很開心。
不過事到如今，聽到愛良妹妹的事情後，我的想法便稍微改變了。
她雖然是和我同時被召喚過來的，基礎等級卻比我還低。
從這一點來看，她的聖屬性魔法等級恐怕也比我還要低。

我當然希望我們等級相同，應該說，我內心其實是千拜託萬拜託她的等級一定要跟我一樣。

這樣我就能一直當個普通人了。

畢竟要是當上了「聖女」，那我豈不是得常常見到那個王子嗎？

我極度抗拒這種事情。

哎呀，又偏題了。

得知愛良妹妹以及這次要前往西邊森林討伐魔物的事情後，我便覺得自己也應該學習一下魔法。

這次的討伐地點是曾經出現過沙羅曼達的森林。

雖然騎士們說最近魔物的誕生速度變慢了，但還是有點令人擔心。

可能又會像之前那樣出現大量傷患，要是有的傷勢光靠藥水沒辦法治好，就必須使用到魔法了。

我記得當時的確有聽到不知道誰說，雖然用藥水治不好，但用魔法就可以了。

要是真的發生那樣的事態，與其在毫無準備的情況下用魔法賭一回，不如先多少學習一點相關知識。

所以我才會被聖屬性魔法的相關書籍吸引住了目光。

「妳對魔法有興趣嗎？」

突然有人跟我說話，我一轉頭就看到有個男人站在旁邊，不由得嚇了一跳。

我手上這本書確實記載著關於聖屬性魔法的內容，可是非常艱深難懂。

看著看著很容易只看懂文字卻沒把內容讀進腦袋裡，所以我相當專心地在閱讀。大概是因為這樣，直到對方出聲之前，我都渾然不覺有人站在旁邊。

「沒記錯的話，那本書的內容非常艱深……」

「就……是說啊，我正好在想，如果有簡單一點的書就好了。」

「既然如此，這本應該很適合。」

他從我面前書架對向的架上取下一本書遞給我。

我粗略地翻了幾頁，發現這本書遠比剛才那本好讀多了。

若是這本書的話，即使是身為魔法初學者的我，讀起來應該不會太吃力。

「謝謝您。」

「不用客氣。」

說完這些後，他就不發一語地注視著我。

嗯，該怎麼說好呢，這讓我覺得不太舒服。

原因在於，他長得跟「那個人」很像。

他看起來年紀比我大，讓我想到「那個人」長大之後，應該就是長這樣吧。身高也比我高上許多，不過應該沒團長高。
髮長落在我必須稍微仰起頭的位置，髮色呈現著鮮豔的赤金色。
他的眼眸略為狹長，鼻梁高挺，嘴唇與眼眸一樣勾著微微的弧度，五官的搭配比例十分協調，和「那個人」很像。
雖然本質不太一樣，不過他的相貌也算是非常出眾。
而且因為比較年長的關係，對我來說，他的殺傷力比「那個人」還要強。
該怎麼形容好呢，散發出來的魅力就是不一樣。
「忘了自我介紹，我叫做齊格菲．斯蘭塔尼亞。」
我的臉上一定露出了狐疑的神情吧。
他斂起微笑，慎重地報上自己的名字，並優雅地向我鞠躬致意。
從行雲流水般的優美動作和名字來看，他想必也是這個國家的王族之一吧。
應該說，已經可以確定是王族了吧？
「妳的名字叫做聖，對嗎？」
「是、是的。」
糟了，我應該先自我介紹的。

由於各種驚奇不斷，我一愣之下就忘記自我介紹了，他可能是因為這樣才會主動報上名字，而且還確認了我的名字。

雖然已經晚了，不過還是做個自我介紹比較好吧。

「我叫做聖。」

我模仿貴族女性提起裙子屈膝向他行了禮。

也就是西方文化中的屈膝禮。

畢竟對方好像是王族，應該很重視禮儀。

俗話說，入境隨俗。

人在王宮裡，有可能會在各種場合遇到不清楚內情的貴族，所以還好我有跟莉姿稍微練習了一下。

「妳不需要如此恭敬，該鄭重行禮的人是我才對。」

斯蘭塔尼亞先生連忙攙住我的手臂，將我扶起身。

他雖然這麼說，可是我應該沒做過什麼要讓他鄭重行禮的事情吧。

我疑惑地歪頭看他，他則再次換上慎重的表情向我鞠躬。

「聽說小兒之前冒犯了妳，對於他的無禮之舉，我感到非常抱歉。」

「您的兒子嗎？」

「是的。」

「呃，我沒記錯的話，您是指凱爾……殿下嗎？」

「沒錯。」

聽到眼前的他提起自己的兒子，我想到的就是第一王子。

我向他確認是否叫凱爾這個名字後，確實猜中了。

既然那個人是兒子，那斯蘭塔尼亞先生……不就是國王嗎？

「請、請您抬起頭來！」

「但是……」

「我並沒有放在心上！」

雖然我不是真的沒有放在心上，但再怎樣也不能讓國王對我鞠躬吧。

拜託別這樣，我的心臟真的承受不住。

「本來應該早點向妳致歉的，而且必須是在正式場合……今天選在這樣的地方，我再次感到很抱歉。」

「沒關係，您不用在意，我反倒覺得這樣比較好。」

聽國王說，在各種政治因素的影響之下，導致公開致歉必須往後延一些時日。

但他認為這段期間也不能什麼都不做，因此在得知我經常獨自來圖書室後，他這陣子不時會來圖書室看我在不在。

看來我們的時間好像都剛好錯開了，之前一直沒有遇到。

不過，不管公不公開，我都不需要他那麼鄭重地向我道歉。

我小心措詞，委婉地把我的想法告訴他。然而……

「除了賠禮之外，妳來到我國後也立下了不少功績，我想藉這個機會給予妳賞賜，不知道妳有沒有想要的東西？像是領地或爵位……」

「不用了，沒關係。」

「這樣啊，那麼，要不要替妳在王都準備一棟宅邸……」

「我也不需要，畢竟沒辦法管理。」

「我們會安排傭人幫妳打理好一切。」

「傭人？」

在這之後，他也列舉了各式各樣不同的獎賞，但每樣東西都不是我承受得起的，所以我從頭到尾都在推辭。

不過，他也有提到禮服和飾品就是了。

雖然我很有興趣，但要了這些東西也沒辦法妥善保存，所以就鄭重地回絕了。

然後國王就苦笑著說：「約翰果然說得沒錯。」

我一問之下，才知道國王之前有提過要給我賞賜的事情，但遭到所長阻止了。

所長說我應該會拒絕。

猜得真準啊，所長。

「好吧，只得暫且把這件事擱下，等妳有了想要的東西再跟我說，我會盡可能實現妳的要求。」

國王連苦笑的嘴角都勾著迷人的弧度，說完這些後，他似乎必須回去了，於是突如其來的謁見就這樣結束了。

嗯，接二連三的狀況實在對心臟負荷太大了。

◆

「好痛！」

雖然今天並不是往常的烹飪教學日，但我一時興起就來餐廳幫忙做菜。

由於菜色都決定好了，我便依照要求進行備料。

結果在切菜的時候不小心切到手指了。

儘管傷口看起來沒有很深，血還是慢慢滲了出來。

我悄悄觀察四周，其他廚師都正忙著準備午餐，沒有人在注意我這邊。

「『治癒』。」

為了避免其他人聽見，我壓低聲音詠唱起恢復魔法之後，手指上的割傷馬上癒合了。

魔法真的很厲害。

我研究了前幾天從王宮圖書室借回來的那本書，學習魔法的使用方法。

如果光看不練的話，就怕遇到緊要關頭會出紕漏，所以我一逮到機會就會使用魔法。

也就是所謂的練習。

實際使用看看似乎是個正確的決定，因為我一開始沒辦法順利將魔法施展出來。

我一手拿著書，嘴上念念有詞地試來試去才學會施展，目前的狀況還算差強人意。

這樣一來，要是騎士團從葛修森林回來後需要用魔法來治療傷勢的話，我應該也沒問題吧。

把第二和第三騎士團訂的藥水全數送交完畢後，騎士團就按照計畫前往王都西方的葛修森林了。

儘管準備期間很短，不過我依靠自己天生的ＭＰ量，硬是在期間內做完騎士團委託的所有藥水。

自從騎士團出發後，我每天都在祈禱他們盡量都能平安無事地回來。

時光在各種忙碌之間流逝，王都西邊的葛修森林順利掃蕩完畢，第二和第三騎士團回到了王宮。

相較於東邊和南邊的森林，葛修森林距離王都稍微遠了些，因此包含路途時間在內，從出發到歸返差不多經過了兩週左右的時間。

藥水似乎確實起到了作用，上週得知沒有人在這次的討伐行動中犧牲後，我安心地呼出一口氣。

只不過，雖說沒有人犧牲，但還是有不少人員受傷，有些人回到王都就住進了類似醫院的地方。

聽團長說，出征回來隨即要忙著處理許多後續事項，所以我隔了幾天才去醫院探望他們。

畢竟跟我相處融洽的第三騎士團之中，也有幾個人住進了醫院。

我決定帶一些平常都會烤的餅乾去探望大家。

「你們好～」

「哦，聖妳來了啊。」

「身體狀況怎麼樣了呢？」

「正如妳所見，好得很哪。」

「你還敢說，明明剛回來的時候一臉快死的模樣。」

「少囉嗦啦！」

我走進大家養傷的建築物，裡面看起來就和醫院一樣。而騎士們住的是十人住的大房間。

第一間踏進的病房中，受傷的騎士幾乎都是身體軀幹處留有撕裂傷或刺傷。

聽他們說，西邊森林有一陣子沒去掃蕩，造成魔物數量相當龐大，許多人都在討伐的過程當中受傷了。

由於藥水數量也有限，他們設法調度之下，才總算避免了不幸的發生。

因此這間病房裡的傷患，都是只用藥水止血就回到了王宮。

雖然身體狀況在一週之間恢復到一定程度了，但其實大部分的人都還必須靜養一陣子。

這次受傷住院的人不少，所以騎士團也暫時不會出征討伐魔物，不過，許多騎士等到身體能夠行動自如後，都接連出院回到了騎士團。

他們說，只要荒廢訓練一天，就必須花加倍的時間才能調整回原本的狀態。

雖然我也沒立場說他們，不過這些騎士還真是有夠沉迷在工作之中的。

「這次情況很凶險吧。」

「不過，至少還是活著回來啦。」

「沒錯沒錯，這都多虧了聖做的藥水。」

「藥水有幫到大家就好。」

見到大家紛紛向我道謝，讓我有點害羞。

無論如何，大家都能活著回來真是太好了。

我和他們聊了不少事情，得知其他病房也有第三騎士團的人後，我便向這間病房的騎士們道別，前往下一間病房。

不管到哪間病房，大家都同樣會向我表達謝意，讓我覺得當初努力製作藥水都值得了。

於是，我抱著悠哉的心情到處探望受傷的騎士們。

不知道來到第幾間的時候，我一看到認識的騎士，一時之間竟講不出話來。

「嘿，妳是來探望我的嗎？」

他一如往常地露齒笑著跟我打招呼，左臂卻不見蹤影。

我好不容易才點了點頭回應一聲。他看到我一反常態的模樣，臉上就露出傷腦筋的笑容，並用右手搔了搔頭。

看到對方失去原本擁有的東西，我沒想到自己會受到如此巨大的衝擊。

我頓時語塞，不知道該說什麼才好。

「你的手臂……」

「哦，我太大意了。」

他豪爽地笑了笑，說手臂被魔物奪走了。

我問他藥水是不是沒辦法治療這種傷勢，才知道就算是上級ＨＰ藥水也只能復原一部分的斷指，要讓整條手臂重生是不可能的事情。

他還笑說，從這個角度來看，沙羅曼達那次團長是真的運氣很好。

「如果藥水沒用的話，是不是就要用恢復魔法來治療？」

「嗯，照理來說是這樣啦。」

我以前有聽說恢復魔法比藥水更有效，不過他表情有異，話只說到了一半。

「有什麼問題嗎？」

「即使是恢復魔法，要復原斷肢也不是容易的事情。」

按他的說法，若要用恢復魔法復原斷肢的話，必須具備8級的聖屬性魔法。

而問題在於，現在王宮裡並沒有人會使用6級以上的聖屬性魔法，因此找不到人復原斷肢。

「真的都沒有人嗎？」

「就算是在魔導師之中，會施展聖屬性魔法的人本來就很少了。」

魔導師原本就人數稀少，而且每個人在屬性方面的資質也都不盡相同，大部分的屬性都無法施展恢復魔法，只有具備聖屬性魔法資質的人才有辦法施展恢復魔法復原斷肢。

如果魔導師之中還要平均劃分出各種屬性的使用者的話，那會使用恢復魔法的魔導師究竟少到什麼地步啊？

「幸好用藥水就能止血，不然可就要用火燒傷口了。」

光聽就覺得很痛。

「謝謝妳今天來看我，最後能見到面真是太好了。」

「咦？最後？」

「等身體可以行動自如後，我就要辭掉騎士團的工作回老家了，畢竟這手臂也很難讓我繼續當騎士。」

聽他這麼一說，我就懂了。

雖然我不是很想懂。

我凝神細看他只剩下一半上臂的左手臂。

可能因為是用藥水來止血的緣故，創面的肉很平滑地隆起癒合，看不到骨頭。

只因為失去了原本在那裡的東西，就會如他所說，再也見不到面。

沒記錯的話，他是從王立學園畢業後加入騎士團，原本的身分是平民。

要是辭掉騎士團的工作，他就會變回平民，沒辦法再進入王宮了。
想到這一點，我就覺得很捨不得。
我輕輕觸碰他的手臂，他則震顫了一下。
「如果……如果你的手臂能醫治的話，你會想治好嗎？」
「這個……」
聽到我的問題，他從剛剛一直笑著的表情頓時崩解為凝重。
這也是很理所當然的事情。
沒有人會希望自己少一條手臂。
要復原斷肢的話，必須具備8級的聖屬性魔法。
我的能力完全綽綽有餘。
可是，如果現在幫忙復原斷肢的話，應該就很難再堅稱自己是普通人了。
如果我不認識他的話，我可能早就轉頭離開假裝沒看到了。
不對………
即使換作是不認識的人，既然看到了，到頭來總是會出手相助的吧。
就算視而不見地離去，一定還是會感到在意而折回來。
因為心裡會留著難以釋懷的疙瘩。

我這個人其實還滿膽小怕事的。
我將體內的魔力集中到觸碰著他的那隻手上面。
根據集中的魔力量不同，可以調整要治療到什麼程度。
這次要復原一整條手臂，我便集中起比以往更多的魔力。
希望能順利治好。
我暗自祈禱著，並詠唱起魔法。
「『治癒』。」
詠唱起魔法後，隱隱約約出現微弱的白光籠罩住騎士的身體。
一股白色濃霧般的東西聚集在左臂缺少的部分上，逐漸形成手臂的形狀。
濃霧也散發著微弱的白光，似乎和籠罩住身體的光芒是同一種物質，只是濃淡不同罷了。
還可以看到金色的粒子交織在白霧之中，彷彿撒了亮粉似的閃閃發光。
就這樣，籠罩著騎士的光芒維持了數秒，當光芒消失後，他的左臂就出現了。
騎士愣愣地盯著左臂半晌，然後慢慢地將手掌張開又合起來。
「有覺得哪裡不對勁嗎？」
「……………沒有。」

看他不斷重複開合的動作，我有點擔心地詢問他的狀況，不過似乎沒有什麼問題。

太好了，真的成功了。

內心湧起一陣喜悅，我不禁揚起嘴角。

騎士雖然停止開合手掌了，但還是呆呆地盯著手掌看。

「聖。」

「怎麼了？」

他和緩地喊了我一聲，我疑惑地歪頭看他，結果他就猛然抓起我放在腿上的雙手。

在沒有任何預兆之下，我不由得「哇！」的驚呼出聲，不過騎士並沒有放開。

「……謝謝妳。」

他收斂起平常的輕浮性子，緊攏著眉頭，用一副快哭出來的表情向我道謝。

「呃，不用客氣？」

「為什麼要用疑問句回我啊？」

「啊，也沒有為什麼……」

聽到騎士向我道謝，我一時有點害羞，不小心就用疑問句回覆他。而他則無力地垂下肩膀，恢復成平常的模樣了。

見狀，我稍微鬆了一口氣。

總覺得，他用一反常態的語氣跟我說話，會讓我不禁緊張起來。

再說，他平常就是個比較輕浮的人，突然轉成一本正經的態度，這反差更讓人不自在了。

他似乎也是這麼想的，所以我們不由得互相露出苦笑，這時我突然感覺到幾道視線。

我好奇地望了眼周遭，發現這間病房的其他傷患都在看我們這裡。

有的眼神充滿了驚愕，有的則抱著某種期待。

嗯，也是，大家露出這樣的反應很正常。

畢竟失去的手臂就這麼憑空冒了出來。

一踏進這間病房，我就發現這裡的騎士不是缺手缺腳，就是身上某些部分有殘缺，每個人的傷勢都大同小異。

雖然也要視殘缺的部分而定，不過這間病房的騎士出院之後，基本上應該都會離開騎士團。

要是其中一人復原了，其他人當然會重新燃起希望。

事已至此，也只能順便把所有人的傷勢都治一治了。

我呼出一口氣，請騎士幫我跑一趟研究所，將各種ＭＰ藥水全都帶過來。

他看起來只有手受過傷，請他幫我跑腿應該沒關係吧？

雖然我的MP很多，但要治療所有人的話，恐怕途中就會用完了。

他爽快地答應我的請求。而我目送他離開的時候，看到他才下床走了幾步，就「啊？」的叫了一聲。

「怎麼了？」

我以為他有哪裡不舒服，結果他沒有回答我的問題，不知怎的就自己在那邊原地踏步，伸縮著腿。

他重複著這些動作一會兒，確認完什麼之後，動作僵硬地緩緩轉過頭看著我。

「連舊傷都治好了。」

「什麼？」

據騎士所說，不只手臂復原了，連受損膝蓋的老毛病都治好了。

以前那種隱隱不適的感覺全都消失得無影無蹤。

沒想到魔法這麼厲害，連舊傷都能治好。我將這番話告訴他之後，他就說魔法一般而言是治不好舊傷的。

咦？該不會增強五成的魔咒也在這裡發揮作用了吧？

還是我集中太多魔力去治療了？

但是，我更不希望用了不上不下的魔力卻沒能治好，所以我就沒有想太多，一個勁兒地集中起魔力。

總之先不管連舊傷都復原的原因，現在先把心思都放在治療這件事上。

我走到這間病房的每個傷患面前，幫他們治療傷勢。

不論大小傷或內外傷，通通都能用魔法治好。

如此一看之下，真的覺得魔法相當方便。

每個人在接受完治療後，看到各處恢復如初都紛紛表示驚奇，還有人幾乎要哭出來似的向我道謝。

不對，實際上還真的有人哭了。

第一次看到一個大男人在我面前哭泣，搞得我也很慌。

就這樣把病房中的所有人都治好後，我轉身打算離開時，便發現病房門口擠滿了人。

有幾個人似乎察覺到我已經治療完所有人了，就走進病房跟傷患們說話。

我詢問其中一人，才知道他們是聽到騷動的聲音才過來看看情況的。

說得也是，確實有人治好傷勢後，就開心到大吼大叫了起來。

來這裡的人看起來和傷患們都彼此認識，所以當然也知道他們所受的傷都相當嚴重。

說起來，現在住院的傷患幾乎都是在上次出征中受傷的騎士，大家都是同袍，會認識彼此也很理所當然。

看到同伴治好了傷勢，大家都感到很高興，歡呼聲此起彼落。
還有人代替受到治療的傷患向我道了謝。
哎呀，我真是做了好事呢。當我獨自心滿意足地離開病房，覺得差不多要回研究所的時候，就遇到了抱著ＭＰ藥水回來的騎士。
我才想起之前怕ＭＰ會在途中用完，所以有拜託他去幫我拿。
出乎意料的是，我的ＭＰ足夠用來治療病房裡的所有人。
我其實集中了相當多的魔力去復原斷肢，但可能是因為施展「治癒」不需要用到那麼多魔力吧。
不過，人家都特地幫我拿來了，現在說用不到了也不太好意思。
唔嗯，不然也去幫其他人治療好了？就當作是一種練習。
嗯，就這麼決定吧。
反正弄出這種局面也很難再堅稱自己是普通人了。
我決定豁出去，把其他病房的傷患都治好。
我原本打算自己拿ＭＰ藥水，但幫我帶藥水來的騎士和其他人都堅持要幫我拿。
於是，在前往隔壁病房的時候，我的身邊除了幫我帶藥水來的騎士以外，背後還跟著一群看熱鬧的人。

總覺得自己很像某齣連續劇裡正在帶隊巡房的醫生。

雖然備受周遭注目讓我感到非常羞恥，但實在拿他們沒辦法，也只能隨他們去了。

我搭配著ＭＰ藥水，再次一個一個地面對傷患進行治療，不過當範圍擴展到整間醫院之後，需要治療的人就非常多。

不斷重複對單體施展「治癒」之下，當我終於感到厭煩的時候，就想起之前曾經在魔法書上看到範圍恢復的魔法。

抱著凡事都要勇於嘗試的心態，我決定來挑戰看看。

身體有斷肢之類重傷的傷患已經全都治療完畢了，剩下的都是傷勢較輕的人。

就算施展失敗沒能完全治好，又或是無法順利發動魔法的話，再一一對傷患施展「治癒」就可以了。

來到下一間病房，我走到正中央的位置後停下了腳步。以往總是將魔力集中於手掌上，這次我以自己為中心，對整間病房釋放出魔力。

雖說是釋放出去，但我沒有從全身釋放出魔力過，所以就集中精神在腦中想像著要把體內的魔力往外推出去。

「『範圍治癒』。」

才剛詠唱完魔法，我便感覺到體內的魔力一股腦地向外奔騰出去，類似魔法陣的圖樣以我為中心，滿滿地占據了整片地面。

魔法陣是以亮起白光的線描繪而成，陣形內飄起閃爍著點點金光的淡淡白霧，就和施展「治癒」的時候一樣。

極其夢幻又富有奇幻色彩的景象只維持數秒便消失了。

我環視周遭傷患的情況，發現在魔法陣裡的人似乎都順利康復了。

每個人都再三檢查自己受傷的部位，接著嘴邊便浮現出笑容，看樣子應該是完全恢復了吧。

我默默地在內心握拳歡呼著，結果背後就傳來一道聲音。

「剛才那是……範圍恢復嗎？」

聲音聽起來很熟悉，我轉頭一看，發現所長和團長都在。

「對啊，沒有錯。是說所長為什麼會在這裡呢？」

「還問我為什麼，妳這麼晚還不回來，而且又有第三騎士團的人來拿ＭＰ藥水，我就來看看妳在做什麼。」

「對不起……」

所長似乎覺得很傻眼地這麼說道。而我有點尷尬地道歉後，他就露出了苦笑。

「話說回來，妳似乎大顯身手了一番啊。」

「哪有，沒那麼誇張啦……」
「是啊，原本身上有缺肢的人都恢復原狀了，我剛剛才遇到他們，真的是嚇了一跳。」
所長這麼說完後，連團長也立刻接口表示同意。
嗯，我也覺得自己的行為有點過火了，但我又有什麼辦法！
大家都很期待我能治好他們啊。
我必須回應大家的期待嘛。
…………
…………
……
對不起。其實我還抱著想用用看魔法的念頭。
「不過沒關係，妳做得很好。」
我稍微垂著頭反省著，所長則這麼跟我說道，然後他和團長拍了拍我的肩膀表示鼓勵。

◆

「聖！」

走在王宮裡的時候，不遠處就傳來一道聲音叫住我。
我往傳出聲音的方向看過去，發現是認識的第三騎士團的騎士。
他笑著舉手向我打招呼，於是我也朝他揮了揮手。
由於我們彼此都正在工作，所以只是路過順便打個簡單的招呼。
自從被召喚到這裡之後，原本會互相打招呼的熟人也只有一起工作的研究員而已，不過最近騎士們也會像這樣跟我打招呼了。
經過前幾天在醫院的那件事後，我認識的騎士瞬間暴增，這陣子走在王宮裡都會有人向我打招呼。
就像今天這樣，儘管路程只有短短來回於研究所和圖書室之間而已。
因為那件事，以前總是窩在藥用植物研究所裡的我，剎那間就擴展了自己的世界。
我走進圖書室，正在把借回研究所的書籍交給司書員的時候，這次耳邊便傳來小小地「啊」的一聲。
發出聲音的是一個穿著長袍的人，我轉頭看過去，就不偏不倚地迎上對方的視線。
看那身打扮，應該是宮廷魔導師才對，但我並不認識他。
我客套地笑了笑，歪起頭看他，結果他也用相同的笑容應付我。
正好司書員確認完要還的書籍了，我就藉此機會離開。

這次是對方發出聲音我才會發現，不過我最近無意間抬起頭的時候，經常會跟附近的人對上視線。

雖然這只是我的感覺而已。

要是告訴別人的話，搞不好會被說自我意識過盛，所以我只把這個想法悄悄地放在心底。

還完書後，我穿梭在書架之間尋找下次要借的書。

可能是我已經來圖書室太多次了，大致上都曉得想要找的書放在哪裡。

我接連不斷地拿下要借的書，由於最後一本要借的書放在書架的最上層，我伸長手正要拿的時候，旁邊就伸來一隻手把書拿了下來。

「給妳。」

「謝謝。」

微笑著將書遞給我的人，看起來應該是文官吧？

他的服裝並不是騎士服或長袍，所以我這麼猜想。

雖然我並不是拿不到這本書，但畢竟稍微有點厚度，幸好他幫我拿了下來。

我向他道謝後，便再次回到司書員那邊。

說起來，最近愈來愈多人來圖書室了。

圖書室以前相當冷清，有時候還會被我包場，遇過的人也只有莉姿和幾個文官而已，這陣子卻出現了我從未見過的人，而且不管什麼時候來都會有其他人在。

儘管大家能多多利用圖書室是件好事，但其實我還滿喜歡在包場的狀態下看書的。所以這一點倒是有點遺憾。

「聖小姐！」

我抱著新借的書籍剛踏出圖書室一步，馬上又有人叫住我。

這次是第二騎士團的騎士。

就算還沒看到臉我也知道。

因為會用小姐來稱呼我的，就只有第二騎士團的人了。

雖然日本的店家也會用小姐來稱呼我，但都是加在姓氏的後面，而不是加在名字後面。

因此，第二騎士團的人用這樣的稱呼實在讓我很不好意思，我也有請他們直呼我的名字就好，但他們完全沒有要改掉的意思。

「我幫妳拿書吧。」

「不好意思，總是麻煩你們。」

「一點也不麻煩，這點小事就讓我來吧。」

他露出爽朗的笑容，毫不費力地接過我手上這疊相當重的書籍。

這也是最近才開始的例行公事。

起初我真的不想麻煩他們，還拚了命地試圖拒絕，但他們完全不肯罷手，所以我這陣子就放棄掙扎了，毫不猶豫地把書交給他們拿。

自從發生之前那件事後，第二騎士團的人好像就極度崇拜我，不僅用小姐來稱呼我，而且我從圖書室借書回研究所的時候，都會有人來幫我拿書。

抱著厚重的書籍從王宮走回研究所確實相當累人，我也很感謝他們的幫忙，但怪的是每次去圖書室都會遇到他們的人。

由於都不是同一個騎士，所以也撇除了遇到跟蹤狂的可能性，不過每次都會遇到第二騎士團的人實在很不對勁。

他們該不會是輪流在圖書室附近等我吧？

希望不是這樣。

我和騎士在回去的路上很自然地就閒聊起來，沒多久就抵達研究所了。

一如往常地向他道了謝，我便走進研究所。

今天也有幫所長借書，所以我把其他書交給一位研究員後，往所長室走去。

「所長，我幫您借好書了。」

「謝謝，放在那裡就好。」

敲了敲所長室的門之後，等他回應我才開門入內。
所長正好在撰寫文件，我就依照指示把書放在他指著的地方。
「今天也是人家送你回來的嗎？」
「是啊。」
所長似乎寫完了，只見他從文件中抬起頭對我露出揶揄的笑容，我則回了一個筋疲力盡的表情。
有一次第二騎士團的人幫我把書搬到門口的時候，正好讓所長撞見了。
當時他問我是怎麼回事，我就說他們這陣子都會送我回來。
「我一開始是拒絕了，但他們完全不放棄，所以我決定自己先放棄了。」
「原來是這樣啊，不過這也是沒辦法的事。」
「沒辦法？」
「妳前陣子不是大顯神威了一回嗎？自從發生那件事後，第二騎士團已經把妳當作『聖女』來看待了。不過，會這樣說的也不是只有第二騎士團而已。」
所長苦笑著這麼說道，我聽了便在心中嘆了口氣，想著：「唉，果然是這樣。」
世上的人們好像漸漸地不再認為我是普通人了。
畢竟那次的表現實在太招搖了。

不只是第二和第三騎士團，謠言就像滾雪球般愈滾愈大，各種說法無可避免地傳到了王宮裡其他人的耳中。

我早就預期到會有這樣的情況發生，而且當時的我也別無選擇，不過還是很想哀嘆幾聲。

如果可以的話，我比較想要過著寧靜平穩的生活。

不過算了。

畢竟大家都露出了非常開心的模樣。

回憶起當時騎士們和身旁的人擁著彼此的肩膀，開心地哭著喊著，我便打從心底覺得有幫大家治療真是太好了。

我一個人想通後，心情也平復了下來，結果所長的下一句話再次給予我一記衝擊。

「也是時候弄清楚妳是不是『聖女』了。」

「咦？」

「我剛才接到來自宮廷魔導師團的聯絡，說想要確認妳的狀態資訊。」

所長表示，宮廷魔導師團的師團長終於要進行狀態資訊的鑑定了。而對我來說，這個消息無異於一顆特大級的炸彈。

後記

初次見面，我是橘由華。

非常感謝各位購買本作品。這邊與其說是後記，其實都是要感謝各方的話語，希望各位可以稍微奉陪一下。

這本書是在種種因緣際會的牽引之下才能順利出版。

最一開始的緣分是「成為小說家吧」這個投稿小說的網站。如果沒有這個網站的話，我應該也就不會發表自創故事吧。家人介紹這個網站給我後，我找了許多作家投稿的作品來看，後來自己也萌生投稿的想法，便立刻化為具體行動開始寫起了小說。

第二道緣分是進來「成為小說家吧」閱讀本作品的讀者們。

我投稿的時候很緊張，心裡想著不知道會不會有人來看，不過投稿的第一天就有讀者來看，實在是非常令人感激，而且在假期快要結束的時候登上了每日排行榜。讀者留的感想和評價等等都成為我寫小說的莫大助力，很謝謝大家。

從那之後過了大概一個月左右，我還在慢慢地投稿小說的時候，某天就收到來自「成為小說家吧」站方的訊息。

「出版實體書的意願洽詢」。

老實說，起初看到這個標題時，我還以為自己看錯了。在下班回家的路上，我足足重整了手機的瀏覽器頁面三次來確認自己沒看錯。

傳訊息給我的人就是第三道緣分——角川BOOKS的W責編。

在出版這本書的路上，W責編在各方面都協助我很多，實在承蒙關照了。若要把受到的幫助鉅細靡遺都說出來的話，這裡的行數還不夠我用，只能說真的十分感謝。

第四道緣分是負責繪製插圖的珠梨やすゆき老師。

很感謝老師繪製出如此華麗又非常美的插圖。最一開始收到的角色設計和封面實在都太棒了，我整個深受感動，差點要在回家的電車上舉著手機小跳步起來了。

第五道緣分則是購買這本書的各位。

謝謝各位購買這本書，並且閱讀到此。我在寫作時，也希望讀者都能放鬆享受本作品的內容。本作品若能成為各位生活中的一點小調劑，滋潤著每一天，就是我最大的心願。

除此之外，也要感謝其他種種因緣際會的牽引之下，才能讓本作品順利出版成冊，我對此真的非常感激，謝謝大家。

Kadokawa Light Novels

進入了沒想像中好混的編輯部成為菜鳥編輯，負責的作者還是家裡蹲妹妹!? 1 待續

Kadokawa Fantastic Novels

作者：小鹿　插畫：KAWORU

踩上業界最為禁忌的底線，夾雜歡笑與淚水的出版人生戀愛喜劇，登場！

曾是職業軍人的千繡，進入了業界知名的角三出版社就職，成為初出茅廬的菜鳥編輯，卻沒想到分配到的作者居然是自己的妹妹，千鳶!?儘管他費盡心思，只為了協助千鳶寫出新作品，業界殘酷無比的真相與現實，卻在此時一一現形……

台灣角川

NT$250/HK$75

©JIRAIGEN, UGUME 2016

Kadokawa Light Novels

當蠢蛋FPS玩家誤闖異世界之時 1~2 待續

Kadokawa Fantastic Novels

作者：地雷原　插畫：UGUME

在這座謎團接連增加的迷宮裡，
修巴爾茲終於得知來到異世界的理由……！

FPS玩家修巴爾茲誤入了劍與魔法的世界。他活用玩FPS的經驗而十分活躍，被人看上這點的他被派往突然出現的巨大迷宮。在修巴爾茲和高等女性冒險者一起探索迷宮的期間，他開始察覺這座迷宮有種「異樣感」──

各 **NT$200/HK$60**

台灣角川

Kadokawa Light Novels

©moonbear 2016　Illustration：SIBYL

千年樹的輪轉之詩

Kadokawa Fantastic Novels

作者：月亮熊　插畫：SIBYL

隱身在表面世界之下，
暗潮洶湧的現代魔法戰爭！

伴隨著魔法儀式，原本只是一支木製魔杖的我，就這樣成了有血有肉能說話的「人類」！不但被少女視作研究對象，甚至還得學習如何當她爸!?更詭異的是，魔法師竟然都對我「很感興趣」……難道是因為，我擁有顛覆一切魔法概念的關鍵力量——!?

台灣角川

NT$240/HK$75

Kadokawa Light Novels

夢王國與沉睡中的100位王子殿下

Kadokawa Fantastic Novels

作者：狐塚冬里　原作：GCREST　插畫：GCREST、一花ハナ

所謂「故事」，總是會比人們所想的，
還單純有趣——只要主角不是「你」。

雪之國、紅茶之國、毒藥之國、魔法科學之國以及不可思議之國——這些國家接連發生眾多異象，讓各國王子們都傷透了腦筋。這些奇妙現象的真相究竟為何呢？起因又是源自於——……？台日超人氣女性專屬療癒系手遊改編，獨家原創劇情只有這裡看得到！

台灣角川

NT$220/HK$68

Kadokawa Light Novels

虎鯨少女橫掃異世界

Kadokawa Fantastic Novels

作者：にゃお　插畫：松うに

正值花樣年華的十六歲女高中生，
轉生成為沒有天敵的超強虎鯨！

抱著轉生成美少女展開新戀情的期待踏入異世界……結果變成了一隻虎鯨（俗稱殺人鯨）!?以虎鯨之姿被丟進異世界的虎子（原本是女高中生）雖想變回人類，卻事與願違，反倒用她的最強蠻力橫掃敵軍，進而升級！最後甚至被捲進下屆魔王選拔戰當中……？

台灣角川

NT$180/HK$55

國家圖書館出版品預行編目(CIP)資料

聖女魔力無所不能 / 橘由華作 ; Linca 譯 . -- 初版 . --
臺北市 : 臺灣角川 , 2018.03-
冊 ; 公分
譯自 : 聖女の魔力は万能です
ISBN 978-957-564-071-2(第 1 冊 : 平裝)

861.57 107000202

Kadokawa
Fantastic
Novels

聖女魔力無所不能 1

（原著名：聖女の魔力は万能です）

2018年3月26日 初版第1刷發行
2021年5月5日 初版第2刷發行

作者：橘由華
插畫：珠梨やすゆき
譯者：Linca

發行人：岩崎剛人
總編輯：蔡佩芬
編輯：彭曉凡
美術設計：李思穎
印務：李明修（主任）、張加恩（主任）、張凱棋

發行所：台灣角川股份有限公司
地址：105台北市光復北路11巷44號5樓
電話：（02）2747-2433
傳真：（02）2747-2558
網址：http://www.kadokawa.com.tw
劃撥帳戶：台灣角川股份有限公司
劃撥帳號：19487412
法律顧問：有澤法律事務所
製版：尚騰印刷事業有限公司
ISBN：978-957-564-071-2